# 破戒僧

파계승

③

건아성 신무협 장편소설

ORIENTAL FANTASYSTORY & ADVENTURE

dream books
드림북스

**파계승(破戒僧) 3**

초판 1쇄 인쇄 / 2012년 6월 29일
초판 1쇄 발행 / 2012년 7월 9일

지은이 / 건아성

발행인 / 오영배
편집팀장 / 권용범
책임편집 / 편집부
펴낸 곳 / (주)삼양출판사 · 드림북스

주소 / 서울특별시 강북구 송천동 322-10호
대표 전화 / 02-980-2112 팩스 / 02-983-0660
편집부 전화 / 02-980-2116 팩스 / 02-983-8201
블로그 / blog.naver.com/dreambookss

등록번호 / 제9-00046호
등록일자 / 1999년 3월 11일

ⓒ 건아성, 2012

값 8,000원

(주)삼양출판사 · 드림북스의 서면 허락 없이는 어떠한
형태나 수단으로도 이 책의 내용을 이용하지 못합니다.

ISBN 978-89-542-4830-3 (04810) / 978-89-542-4827-3 (세트)

* 지은이와 협의하에 인지는 생략합니다.
* 잘못된 책은 구입한 곳에서 바꾸어 드립니다.

破戒僧
파계승

건아성 신무협 장편소설

3

ORIENTAL FANTASYSTORY & ADVENTURE

dream books
드림북스

**목차**

第一章 · 007

第二章 · 039

第三章 · 071

第四章 · 113

第五章 · 143

第六章 · 163

第七章 · 193

第八章 · 219

第九章 · 253

第十章 · 289

第一章

고 누가 알았겠어."

만나는 이들마다 떠드는 이야기.

양억은 조용히 자리에 앉아 떠드는 이들의 말을 들었다. 새로운 얼굴이 와도 이야기는 똑같았다. 간혹, 살이 더 붙어 마치 그 자리에 있었던 것처럼 이야기를 지껄이는 이들도 있었다.

"누군가 소문을 조작하고 있는 것 같아."

홍개가 양억의 앞으로 앉아 말했다.

불쑥 나타난 그는 항상 그래 왔던 것처럼 양억이 들고 있던 요리를 빼앗아 먹었다.

"꼴이 더 안 좋아진 것 같소."

"네놈 이야기에 시궁창을 몇 번 굴러서 말이야. 방주직도 내놨지. 이제 다른 거지들과 다를 게 없다."

"방주직을 내어놓다니 무슨 말이오?"

"쯧, 개방일이니 더는 말해 줄 것 없다. 그보다 대체 무슨 짓을 벌인 거지? 무엇 하나 알 수가 없더군. 염왕천에 대한 이야기 정도는 해 줘도 되잖아?"

홍개가 허리춤의 호리병을 끌러 말했다.

뽕!

꽉 닫힌 마개를 뽑아 여니, 지독한 주향이 쏟아져 나왔다. 술이 약한 이라면 그 냄새만으로 취할 만큼 독했다.

"무엇을 알고 싶은 게요."

"있는 전부. 혈기수라대가 묻히는 것은 봤어. 거긴 말할 것도 없지. 하오문에 든 것도 알아. 나공찬을 엮게 둔 게 우리니까. 거기까지도 알아. 한데 그 뒤를 도무지 가늠할 수가 없어."

"알고 있지 않소. 찾아갔고 죽였소. 그뿐이오."

"아냐! 그런 결과를 알고 싶은 게 아니라고. 어떻게 죽였어? 어찌 죽었지?"

홍개가 애타는 얼굴로 물었다. 그는 이미 장춘삼이 올린 보고서는 수십 수백 번을 읽어 외웠다. 밖에서 본 염왕천의 전경은 머리에 문신처럼 박아 넣고 있었다.

"염왕천기의 무공은 결코 약하지 않아. 염왕천에 전해 내려오는 염왕신공은 중원 무림을 대표하는 극양 신공 중 하나야. 그것을 어찌 꺾었지?"

"그것을 알아야겠소? 안다 한들 무슨 의미가 있소?"

"너를 알 수 있잖아. 너를!"

"나를?"

양억이 자신을 가리켜 물었다. 홍개의 말이 이해가 가지 않았기 때문이다.

"너를 어찌 두어야 할지 모르겠단 말이지. 염왕천을 부술 것이라고 생각은 했어. 하지만 이렇게 일방적으로 끝을 낼 것이라고는 조금도 생각하지 못했다고. 애초에 하오문주를 붙인 이유도 거기에 있어. 수를 쓰라는 것이었다고. 하지만 너는 쓰지 않았어."

"어찌 그리 확신하오?"

"보았으니까. 하오문주 나공찬은 잘 살아 있더군. 싸움이 벌어지기 직전에, 염왕천의 담을 넘은 단 하나의 인물이 바로 그라는 것을 모를 것 같나."

"그 모든 것을 다 아는데 왜 말을 물으려 하는 것이오."

"유일한 생존자가 사파인이기 때문이다."

홍개가 독주를 들이키며 말했다. 그리고 잔뜩 찡그러진 얼굴로 "그억!" 하며 술 냄새를 토해 내고는 깊게 들어찬 주름을 꿈틀거리며 물었다.

"그와 밀약이라도 한 것인가?"

"그런 것 없소."

"그래, 나도 그러리라 생각해. 하지만 다른 사람들도 그럴까?"

홍개는 빤한 말을 꺼내 놓는 양억을 쳐다보며 한숨을 내쉬었다. 이 말에 양억이 대답할 말조차 빤하다.

"다른 사람들 신경 쓸 필요 없다."

"다른 사람들 신경 쓸 필요 없소."

동시에 튀어나온 말에 양억의 눈이 커졌다. 홍개가 자신의 말을 똑같이 꺼내 놓았기 때문이다.
　"나는 그러한 자네의 점이 좋아. 분명하고 확실해. 거짓이 없어. 적어도 지금까지는 그랬어. 하지만 사람은 열 가지 일에 대해서 열 번을 물어야 확실해지는 거야. 하나부터 아홉까지가 같았다고 해서 남은 하나가 같으리라는 법은 없으니까. 돌다리도 두드려 건너는데 그 속을 알 길 없는 사람은 어떻겠어?"
　"그와 밀약은 없었소. 다만 그에게 빚은 하나 졌다 생각하고 있소."
　"그렇군. 하오문에게 빚을 지면 힘들어질 텐데 말이지. 어쨌거나, 다른 일도 그래."
　"다른 일?"
　"세상은 혼자 살 수 없는 법이야. 흔히들 하는 말이지만 정말 그래. 염왕천을 홀로 무너트린 자네를 보면 알 것 같아. 자네는 독보천하도 가능하겠지. 하지만 그것으로 얻을 수 있는 것은 아무것도 없어. 그래서 사람들에게 말을 구하고 정보를 찾고 했잖은가. 나도 그래서 자네 앞에 있는 것이고."
　"말이 기오."
　장황해지는 홍개의 말에 양억이 말했다.

"쯧, 늙으니 이러한 비유만 좋아져서 말이야. 내 하고 싶은 말은 하나야. 주위의 눈을 의식하지 않을 수가 없어. 자네가 하려는 일은 그래. 자네의 실력이 어떤지는 몰라. 지금 당장 황궁으로 쳐들어가 재상의 목을 따 올 만한 실력을 지녔을지도 모르지. 하지만 그들이 그냥 당할까. 그저 숨은 것만으로 단서를 찾지 못해 시간을 보낸 자네야. 숨어 버리면 찾지도 못하겠지."

"하고 싶은 말의 요가 무엇이오."

"포경청이 도망치지 못하게 옭아맬 줄이 필요한 것이잖아. 그것은 자네가 만들 수 없어. 사람이 필요하고, 사람이 필요하다면 주위 시선에 신경을 쓸 이유가 있어."

"사람이 포경청을 옭아맨다는 거요?"

"그래, 사람이 무엇을 위해 사는 줄 아는가. 포경청과 같은 이들은 선명해. 그들은 명예와 권력을 위해 살지. 그 둘은 사람에게서 나오고, 결국 그들을 잡는 건 사람이 될 거란 말이지."

"복잡하군."

"그래, 복잡해! 그게 세상이고 사람이 사는 일이지. 자네는 좀 복잡해져야 할 필요가 있어."

양억은 홍개의 말에 무어라 대답지 못했다. '천조비가 곁에 있었더라면…….' 하는 생각이 일었다. 이와 같은 일을 모두 그에게 미뤄 두었구나 하는 생각도 들었다.

"내가 무엇을 해 주길 원하는 거요."

한참 침묵하던 양억이 물었다.

홍개는 그런 양억의 말에 깊게 한숨을 내쉬었다. 그는 잔뜩 미안한 얼굴로 말했다.

"마치 내가 핍박을 하는 것 같군. 약점 같은 것을 틀어쥐고 말이야."

"틀린 말은 아닌 것 같소."

양억은 피식 웃으며 말했다. 홍개의 진심 어린 표정에 마음에서 무언가 꿈틀거렸다.

"그래도 조금은 사람다워 졌군. 여하튼 내가 원하는 것은 하나야. 일단 선을 분명히 하자고."

"선?"

"정사의 선에서 줄타기를 하려거든 그만두라는 소리야."

"개방에 적을 두라는 것이오?"

"그것은 아니야. 하지만 적어도 사파와는 거리를 두라는 말이야."

"이미 사파를 부수고 있는데 누가 나를 사파라 생각하겠소?"

"사람들은 또 몰라. 적의 적은 동지가 될 수 있지만,

그것은 일시적일 뿐이야. 그 적이 사라지고 나면 어제의 동지가 오늘의 또 다른 적이 될 수 있는 법이니까."

홍개가 다시금 술을 들이키며 말했다.

"크으!"

숨을 뱉는 홍개의 얼굴이 다시금 일그러졌다. 해야 하는 말이 자꾸만 가시처럼 목 끝에 걸렸다. 술을 붓고 삼켜 보아도 박힌 가시는 쉽게 빠지지 않았다.

정파.

개방.

개방주.

홍개는 자신이 입고 있는 옷에 염증을 느끼고 있었다.

"나이를 먹으면 말이야. 사실 어린놈들이 무서워."

"뜬금없이 무슨 말이오."

"툭 튀어나오는 놈들이 무섭다는 말이야. 사파도 정파도 그래. 오랜 시간 굳어 있었어. 새로운 놈들이 나타날 수 없을 만큼 바닥이 다져졌고 말이야. 적이지만 사실 무섭지는 않아. 속속들이 알고 있으니까."

"나는 그렇지 않다?"

"그래, 몰라. 네가 누구인지, 네가 어찌 지금의 네가 됐는지, 어떤 무공을 쓰고 어찌 잡을 수 있는지 몰라! 그러니 겁을 먹어. 무서워 해. 네가 우리 편이라 말해도 그럴 수밖에 없을 거야. 항상 의심하고 눈을 흘기고 하겠지."

홍개는 다시금 술을 들이켰다. 아무리 쏟아부어도 취하지 않을 것 같은 정신이 휘청거리기 시작했다.

"하지만 감수해 줘. 겁이 많아서들 그런 거니까. 혹시라도 그러한 일이 불거져 나온다면……."

"나는 그냥 있을 거요."

"뭐?"

"나는 그냥 있을 거요. 그대들이 모욕을 하건 눈을 흘기건 무엇을 하건 간에 상관없소. 그것으로 복수할 수 있다면 아무렇지 않을 테니까."

양억이 대수롭잖다는 얼굴로 말했다. 그가 말하는 강호론이나, 인생사나 양억에게는 다 부질없는 것이었다.

얽매여 있지 않으니 그것으로부터 비롯된 그 어떤 것이 상처를 낼 수 있을까.

양억은 커다란 눈을 말똥하게 뜬 홍개를 쳐다보며 그의 손에 쥐어진 술을 빼앗아 들어 삼켰다.

"독하군."

"거, 거지의 술을 빼앗아 먹는 놈이 어디에 있느냐! 쯧!"

홍개가 말을 더듬대며 말했다.

한 병의 술을 나누어 마신다는 것이 어떠한 의미를 갖는지 알고나 있을까.

홍개는 양억을 빤히 쳐다보며 자리를 털고 일어섰다.

"사천당문으로 갈 거다. 준비해라."

"사천당문?"

"그래, 사천당문. 해야 할 일들은 가면서 이야기해 주마."

자리를 털고 서는 홍개의 얼굴로 술기운이 가셨다. 해야 할 일들이 빠르게 머리를 파고들고 있었다.

\* \* \*

'참으로 해냈구나.'

천조비는 개방에서 보내온 서찰을 태웠다.

사파의 네 개의 기둥 중 하나는 염왕천이 무너졌다. 세간에는 천주인 염왕천기가 주화입마에 들어 벌인 일이라 소문이 났지만, 그러한 말을 믿는 이는 개방에 아무도 없었다.

그들이 어찌 무너졌는지 가장 잘 알고 있는 것이 개방이었기 때문이다.

"소문은 어디서 조작하고 있는 것입니까?"

"빤한 것을 묻네."

장춘삼이 연초를 태우며 말했다. 그는 뉘엿뉘엿한 저녁놀을 올려다보며 구름처럼 허연 연기를 내뿜었다.

"정사파 모두야."

"역시나 그렇습니까."

장춘삼의 말에 천조비가 쓰게 웃었다. 개방 역시 마찬가지일 게다. 이러한 소문의 조작에 있어 어쩌면 가장 많은 힘을 쏟고 있는 것이 개방일지도 모른다.

"구체적으로 알 수 있겠습니까."

"구체적으로 어떻게?"

"개방이 조작을 하는 이유와 하오문이 조작을 하는 이유가 같을 거라고 생각할 수는 없지 않겠습니까."

천조비가 자리를 털고 일어나 말했다.

장춘삼은 입에 문 연초를 뱉고는 천조비를 보았다. 처음 만났을 때까지만 해도 빤질빤질한 놈이었는데, 어느새 제법 그림이 된다.

"사내다워졌군."

"본래 사내였습니다."

천조비가 웃어 말했다.

"칭찬을 조금 해 주니 금세 이전으로 돌아가는 군. 다를 것이 없구나."

"그냥 좋게 봐 주시지요."

천조비가 능글맞게 웃으며 말했다.

"개방에서 벌어진 일은 알고 있겠지?"

"방주직이 공석이 되었다는 말은 들었습니다."

"그래, 그 일이 어디서부터 시작되었는지는 말하지 않아도 추측할 거라 믿는다."

"물론이지요."

"어차피 그 추측이 맞을 테니까. 다 자르고 말해 주지. 개방은 양억을 지키려고 한다. 양억의 행보는 파격적이고 충격적이야. 그가 옳은 길을 가고 있다 하더라도 겁이 날 만큼 위협적이기도 하고. 그의 행보에 관심을 가지는 이가 많은 만큼, 숨겨 둘 필요가 있다 생각해."

"하지만 어차피 태반이 알고 있는 일이 아닙니까."

"무림에서야 그렇지."

장춘삼이 천조비의 가슴을 쿡 찔러 말했다.

"조금 넓게 보란 말이야. 이 세상이 무림만으로 이루어진 것은 아니지. 그리고 무림이라고 뭐 다르겠어? 나라처럼 땅에 줄을 그어 놓은 것도 아닌데 말이야."

"황궁……을 말하시는 것입니까?"

"글쎄, 모르지. 어쨌든 간에 사람 사는 세상은 다 같다는 거야. 태평성대 같지만, 사실 그런 게 어디 있어? 그냥 지쳐서 잠시 쉬는 거지. 무림도, 세상도 말이야. 싸움이 없을 리가 있나. 오히려 조용했으니 곧 더 크게 터질 거란 생각이 든단 말이지. 이럴 때일수록 물밑에서 벌어지는 싸움이 무섭기도 하고."

"폭풍의 전야처럼 말이로군요."

"거참, 비유가 좋네. 말하자면 그렇지. 어쨌든 간에 보호할 가치는 있는 이라 생각한 거야, 개방에서는."

"그럼 하오문에서는요?"

"나도 잘 몰라."

천조비의 말에 장춘삼이 코를 후비며 말했다. 그는 마음에 들지 않는다는 얼굴로 손에 묻은 코딱지를 튕겨 버렸다.

"모른다고요?"

"몰라. 그놈들 생각을 어찌 알겠어. 하오문이잖아."

"그리 말씀만 마시고 아는 것 좀 들려주십시오."

천조비가 넉살 좋게 웃으며 말했다.

모를 리가 없다. 천조비는 확신하고 있었다. 진정으로 몰랐다면 그들이 이렇게 여유롭게 앉아 있을 리가 없다.

"네놈이 만든 이목회로 털어 보면 알 것 아니냐. 만들었으면 활용을 해야지."

"그것으로 나왔으면 묻지도 않았습니다."

"흥! 뻔뻔한 놈 같으니라고."

장춘삼은 천조비를 힐끔 쳐다보고는 다시금 연초를 꺼내 물었다. 곰방대가 아닌, 종이에 가루를 넣어 말아 놓은 색연초는 독한 냄새가 흘러나왔다.

"하오문에서는 진실이 퍼져서는 안 될 이유가 있기 때문이다."

"무슨 이유 말입니까."

"흠. 그냥 말해 줄 수는 없으니 주고받기로 하자. 어떠냐?"

"무엇을 말입니까."

"네가 묻는 것에 내가 대답을 해 주마. 후에 너 역시 내가 묻는 말에 대답을 해 주어라. 서로 정보를 주고받자는 것이지."

"저는 드릴 정보가 없는 데요?"

"평생 없겠느냐. 언젠가 생기겠지."

천조비는 눈을 피해 연초를 빠는 장춘삼을 보았다.

거짓말 한번 못한다 싶었다. 이미 궁금한 것이 있음이 눈에 빤히 보였다.

'저리 밑밥을 까는 것으로 보아 무언가 개방도 밝히지 못한 일이 있는 것이 분명해. 그 일은 스님께서 벌인 일들 중의 하나일 것이고.'

천조비는 잠시 고민하다 흔쾌히 고개를 끄덕여 말했다. 어차피 굴리라고 있는 정보가 아니던가.

정보란 얼음과 같은 것이다. 손에 쥐고만 있으면 녹아 사라지고 만다.

"제가 아는 것이라면 다시 물으실 때 말씀해 드리지요."

"옳거니! 그래, 이렇게 확실하게 대답할 줄 알았지. 사내라니까."

장춘삼이 천조비의 말을 크게 반겨 말했다. 그는 '됐다!' 하고 생각했다.

"일찍이 양억이 염왕천에 들어갈 때 대동했던 자가 누구인지 아느냐?"

"스님께서 사람을 대동해 염왕천에 들어갔습니까?"

"클클! 그래, 하오문의 문주 나공찬을 대동해 들어갔다."

"나공찬이요?"

장춘삼의 말에 천조비의 눈이 휘둥그레졌다.

"대체 왜……."

놀람이 머릿속을 떠나지 않았다. 왜? 천조비는 장춘삼의 말이 조금도 이해되지 않았다.

"염왕천에 들기 전 염왕천의 주력 집단 중 하나인 혈기수라대가 전멸당했다."

"혈기수라대가요?"

"그래, 양억을 부수기 위해 염왕천을 나섰다가 역으로 잡아먹혀 버렸지. 해서 전력은 줄었으나 경계에 있어서만큼은 강화된 시점이었어."

"그렇군요."

천조비는 차분히 설명하는 장춘삼을 쳐다보며 고개를 끄덕였다. 개방이 꾸민 짓이다. 천조비는 더 듣지 않아도 알 수 있었다.

"염왕천은 열심히 소문을 조작하려 했고, 그에 따라 하오문의 문주인 나공찬을 불러들이게 된 거지. 우리 개방이 그것을 알고······."

"스님께 말을 전한 것이로군요."

천조비가 말을 가로채 말했다.

"뭐, 그렇지."

장춘삼은 말을 자르고 끼어드는 천조비를 힐끔 쳐다보고는 연초를 빨아 뱉었다. 내뱉은 연기가 하늘로 올라가 흩어졌다.

"허니 어쩌겠어. 다른 사파들의 귀에 들어가기라도 했다가는 자신들이 사달이 날 판인데······ 기를 쓰고 조작하고 있는 게지."

"그럼 사파에서는 아직 사실을 모른다는 말입니까."

"글쎄, 아는 이들도 있겠지. 하지만 반신반의하고 있을 게야. 적어도 그가 염왕천을 홀로 부쉈다고는 누구도 생각하지 않을 거야. 우리조차 믿기가 힘드니 말이야."

"그렇군요. 말씀 고맙습니다."

천조비는 가감 없는 장춘삼의 말에 고개 숙여 포권하고는 감사를 표했다.

"공짜는 아니니까. 나중에 물어 올 정보 기대하고 있지."

장춘삼은 포권하는 천조비를 향해 웃어 말하고는 걸음을 옮겨 사라졌다.

이곳저곳에서 서로 먹고 먹히는 판이 벌어지고 있었다.

\*     \*     \*

"밀당이라는 게 있는 거야."

산중턱에 자리를 잡고 앉은 홍개가 말했다.

빠름보다 느림을 택한 사천행은 이전처럼 숨 가쁘게 돌아가지 않았다.

쉴 때 쉬고 먹을 때 먹었다.

"빠르게 손을 뻗는 것보다 여유를 가지는 게 좋은 거

지. 이전과는 다르잖아. 칼자루를 쥔 것은 너야. 허니 급할 것 없지."

"기다림은 언제고 사람 목을 마르게 하는 법이니. 좋은 수요."

"끌끌끌, 이해하는군."

양억은 홍개의 말에 고개를 끄덕여 답했다.

"서역에서 들여온 불전을 팔러 왔을 때 장사치들이 항상 그랬소. 나는 번번이 당했소. 그의 봇짐에는 분명 내가 원하는 물건이 있는 것을 알았지만, 그가 없다 말할 때에는 애가 타 견딜 수가 없었지."

"그런 시절도 있었군."

"다 불살라진 날의 이야기요."

홍개의 말에 양억이 쓰게 웃으며 말했다.

최근 옛날 일들이 하나둘 기억이 났다.

볕 때문이었을까.

내색하지 않고 있었지만, 양억의 가슴은 아직도 벌겋게 물들어 타고 있었다.

"아, 그렇지. 그런데 용선갑은 정말로 염왕천주의 손에 있던가?"

물을 것도 없는 이야기.

홍개는 고개를 끄덕이는 것으로 대답을 대신하는 양억

을 보았다.

"보여 줄 수 있겠는가?"

양억은 대수롭잖게 용선갑을 꺼내어 홍개에게 건넸다.

그만한 기물이라면 감추거나 사릴 만도 하건만, 홍개는 망설임 없이 용선갑을 꺼내 던지는 양억을 보며 입맛을 다셨다.

"사람이 좋은 것인지 자신에 차 있는 것인지 가끔 궁금해."

홍개는 혼잣말을 중얼거리며 손에 쥐어진 용선갑을 이리저리 살폈다. 용선갑에 닿는 손이 서늘함에 아려왔다.

"한기가 굉장하군."

"처음 쥐었을 때보다 더 차가워진 것 같소."

"그게 무슨 말이지?"

"염왕천기에게서 처음 벗겼을 때보다 더 한기가 짙어진 것 같다는 말이오."

"그래?"

양억의 말에 홍개의 눈썹이 치켜 올라갔다.

'한기를 머금는다. 한기를 훔친다. 한기를……'

홍개의 눈이 양억을 향했다.

"이것에 북해의 무공을 불어 넣었나?"

"그것은 왜 묻소?"

"아무리 기물일지라도 홀로 한기를 품지는 못해. 이곳이 북해와 같은 극지가 아닌 이상 말이야."

"그렇군."

홍개의 말에 양억이 고개를 끄덕였다.

"여러 가지로 아는 것도 많소."

"개방의 방주였으니까."

홍개가 싱긋 웃으며 말했다. 양억은 그런 홍개의 실없는 웃음에 고개를 저었다.

"염왕천주가 싸울 때 사용한 적이 있소."

"극양 신공과 극음 신공의 싸움에 기물이라. 반칙이야. 염왕천주 녀석은 그럼에도 불구하고 졌군."

양억은 대수롭잖다는 얼굴로 말했다.

"그것이 빙백쌍장을 막아 내었소."

"호오, 그렇군. 막아 냈다기보다 삼켜 버린 모양이군. 그래서 더 차가워진 것이로고."

홍개가 중얼거렸다.

'극양의 창과 극음의 방패. 염왕천기는 그렇게 반칙에 가까운 기물을 사용하고도 진 게다. 신의 무공이 절정을 넘어 반선에 이르지 않았다면 있을 수 없는 일인데.'

홍개는 양억을 쳐다보며 말을 삼켰다. 양억의 무공은 이미 홍개가 헤아릴 수 있는 경지를 넘어서 있었다.

가늠해 볼 수 없고 헤아려 볼 수 없다.

"잘 보았다."

홍개가 손에 쥔 용선갑을 건네었다. 어느새 한기에 벌겋게 달아오른 손이 욱신거렸다. 홍개는 두 손을 매만져 주물렀다.

"어찌 그러한 기물을 가슴에 품을 수 있는지 놀랍군. 시리지도 않나?"

"시리다는 느낌은 드나 몸이 상하지 않으니 의미 없소."

"나 참, 분명 다른 이의 입에서 들었으면 사기 친다 허세다 할 텐데. 자네의 입에서 나오니 믿음이 가 버리는 게 무섭군."

털썩.

홍개가 자리에 누워 말했다.

"이틀, 딱 이틀만 더 걷자고."

"약속은 하루 뒤 아니오?"

"말했잖아. 밀당. 하루만 늦어 보자고."

양억은 눈을 감고 말하는 홍개를 힐끔 쳐다보고는 그를 따라 자리에 누웠다.

얼마 만에 밤하늘을 보는 것일까.

높게 뜬 달이 청승맞을 정도로 밝다.

"나도 한때 제법 날렸었는데 말이야."
작게 중얼거리는 홍개의 얼굴이 추억에 묻혔다.

\* \* \*

당사독은 가만히 바둑판을 보았다.
흰 돌과 검은 돌이 뒤섞인 난전.
당사독은 수읽기를 해 보았다. 한 수 앞을, 두 수, 세 수, 스무 수 앞을 보았다.
"대마불사라는 말은 거짓이야."
수읽기를 마친 당사독이 말했다. 그는 자신 있게 돌을 놓았다. 흑의 큰 집 사이로 파고든 백은 외롭고 무모해 보였으나 어째서인지 강렬한 빛을 내었다.
"이 집이 무너진다는 말씀입니까."
"지금 손을 놓는다면 덜 잃을 게다. 하지만 너는 놓지 않겠지."
당사독이 말했다.
"하지만 클수록 살리고 싶은 마음이 들지 않습니까. 아버지, 소자의 실력이 판을 그르쳤을 뿐입니다. 만일 보다 넓은 시야로 판을 짜는 이가 나타나 대마를 살렸더라면 흑은 결코 지지 않았을 것입니다."

"그렇지, 그렇지. 하지만 말이다. 그러한 가정은 이러한 바둑판에서나 통하는 것이다. 절대로 밖에서는 그러한 마음을 품지 말거라."

"예, 아버지."

타악!

당사독의 장자 당모는 흑의 마지막 숨통을 끊는 백의 한 수를 보았다. 대마가 잘려 나가고 난전에서 득세한 백의 대군이 밀려들어 오고 있었다.

"졌습니다."

패배를 자인하는 당모를 쳐다보며 당사독이 웃으며 말했다.

"제법 늘었구나."

"요즘 한참 빠져 있습니다."

"연공 시간을 줄여 가면서 즐긴다 들었다. 바둑이란 시간을 잡아먹는 사특한 놀이지. 하지만 여러 가지로 도움이 된단 말이지."

"예, 가끔 돌이 잡아 끄는 판이 무공에서도, 또 현실에서도 보이니까요. 사특하긴 하지만 그것이 가끔은 연공보다 도움이 된다 싶기도 합니다."

"현실에서 보인다라…… 무엇이 보이더냐."

당사독이 물었다. 그의 눈은 바둑판을 떠나 당모를 향

해 있었다.

"지금과 같은 판이 보였습니다. 대마를 지키려 미련하게 달려들었던 저와 달리, 사파 놈들은 대마인 염왕천을 그냥 버려두지 않았습니까. 그들의 판단이 큰 실수를 낳을 것이라 생각했는데, 오히려 지금 생각해 보니 좋은 판단이 아닐까 하는 생각이 들었습니다."

"어째서 말이냐."

"판이 바둑판처럼 작다면 모를까. 회색도 붉은색도 청색도 있는 것이 세상 아니겠습니까. 흑을 살린다 할지라도 피해가 크면 무슨 의미가 있겠습니까. 오히려 내실을 다지고 그들의 몰락을 보면서 때를 기다리는 것이 좋겠지요."

"때라…… 어떠한 때 말이냐."

"곧 찾아올 난세 말이옵니다."

낭보가 웃으며 말했다. 그 웃음이 아비인 당사독과 꼭 닮아 있었다.

"당치도 않은 말을 입에 담는구나."

"아버님께서는 그리 생각지 않으십니까?"

"그래, 나는 난세라 생각지 않는다."

"어째서 말입니까? 무림도 황궁도 심지에 불이 붙은 화약고 같은 상황이지 않습니까."

휘휘.

당사독은 당모의 말에 고개를 저었다.

"마른하늘에서도 벼락은 친다. 그저 지나는 일일 따름이다. 난세를 생각하고 판을 보면 난세가 보이겠지. 하지만 그것들을 미리 짚어 엮으면 그냥 지나가는 바람이 보일 수도 있는 게다."

"난세를 미리 막아 보시려는 것입니까."

"그런 것을 할 수 있겠느냐. 그저 순리대로 지날 수 있게 하려는 것이다."

당사독이 깊이 눈을 감으며 말했다.

어리다 생각한 장자가 이리 컸다. 무림뿐만이 아니라, 황궁에 이르기까지 발을 넓혀 간다. 사람을 만나고 교우를 쌓고 인맥을 넓혀 그들의 경험과 사고방식을 배웠다.

'하지만 너무 급진적이야.'

당사독은 빙긋 웃고 있는 당모를 쳐다보며 손을 저었다.

"이만 물러가 보거라."

"예, 아버지. 그럼 다음에 다시 가르침 부탁드립니다."

당모는 당사독을 향해 포권해 말하고는 바둑돌과 판을 챙겨 방을 나섰다. 차륵차륵 걷는 걸음마다 바둑돌이 부대껴 소리를 내었다. 조용한 복도가 바둑돌 소리로 울리고 있었다.

\*       \*       \*

"그러니까, 큰 판을 보라는 말이 아니오."

양억이 말했다. 한참 홍개의 설교를 듣고 난 이후였다.

"그래, 대의를 보라는 말이지. 네가 지금 당장 나서 포경청을 죽이는 것에 나는 반대야."

"어째서 말이오."

"그가 숨을 수도 있고 또 무엇보다 명분과 대의가 없잖아."

"그 두 가지라면 이미 충분한 것 아니오. 나는 당한 것을 갚아 주려는 것이오. 그리고 무엇보다······."

양억이 잠시 말을 끊어 홍개를 보았다. 그는 결의에 찬 얼굴로 말했다.

"나는 그것들을 챙겨야 할 이유를 모르겠소!"

높아지는 양억의 목소리에 홍개가 뒷머리를 긁적였다.

"그야 그렇지만······ 그것을, 너만의 천명을 만천하에 알릴 수 있는 확실한 방도가 없잖느냐. 더불어 그것에 모두가 호응할지도 모르겠다."

"그것을 알릴 필요가 있소? 나에게는 없소."

"그만한 이의 목이 그냥 떨어지는 법이 있는 줄 아는가. 그와 엮인 수십 수백의 목이 날아갈 것이고 악이건 선이건 간에 그에 기대어 살던 수많은 이들이 고초를 겪을 것이야. 나라의 재상이라는 허울을 뒤집어쓰고 있으니 고초를 겪을 민초들을 헤아리자면 끝도 없겠지."

"그래서 어쩌란 말이오."

양억이 화가 난 얼굴로 물었다. 며칠 내내 이 소리다. 복잡해져라. 판을 읽어라. 양억은 땍땍거리는 홍개의 말에 가슴에 짜증이 들어찼다.

"나를 믿는가?"

"뜬금없이 무슨 소리요."

"나를 믿느냐 이 말이야. 내가 하는 말을 믿는 다면 조금 기다리라 말하고 싶어."

"무엇을 말이오."

"때."

홍개가 말했다. 그는 진지한 얼굴로 양억을 보았다. 이틀 간 이 한 마디를 위해 숱한 말들을 쏟아 부은 터였다.

"무림도 그렇고 황궁도 그래. 곧 터질 거야. 불씨는 당겨졌고, 잔뜩 메말라 있는 숲은 순식간에 타들어 갈 거라 이 말이야."

"그것을 기다리면 무슨 일이 있소?"

"불길이지 무엇이겠어. 싸움, 전쟁. 서로가 칼을 겨누고 몰아가겠지. 더 수월해질 게야. 누가 죽어도 누가 죽여도 모를 판이 벌어질 테니까."

"그것이 지금 죽이는 것과 무엇이 다르오?"

"역사에 남겠지. 그의 악행, 그의 모든 것이 남을 거야. 이름 모를 암살자에 의해 죽은 포경청이 아니라, 역사에 의해 심판을 당한 '악적 포경청'으로 남게 만들 수도 있을 거란 말이지."

"무엇이 다른지 모르겠소."

양억이 입술을 이죽거리며 말했다.

"내가 원하는 것은 역사에 이름을 남기는 것 따위가 아니오. 복수. 그를 잡아다가 목을 꺾으면 끝이 날 일이오. 그가 역사에 어떻게 남건, 어떤 모습으로 기록되건 나는 상관없소."

"그가 천하의 효인으로 남아도? 그가 사람들의 기억 속에서 영원히 살아도?"

홍개가 양억의 가슴을 쿡쿡 질러 말했다.

"호랑이는 죽어 가죽을 남기고 사람은 죽어 이름을 남긴다는 말이 괜히 생긴 것이 아니야. 사람은 기억하고 추억하고 만든다. 죽인다고 끝이 아니지. 그가 어떻게 죽느냐, 왜 죽느냐 정도는 생각하는 것이 좋지 않겠어?"

"그러한 것은 죽이고 나서 생각해도 늦지 않을 것 같소. 나는 복잡한 일에 휘말려 어느 한편에 서고 싶지도, 나라와 사람들을 위해 무엇을 할 생각도 없소."

"쯧! 사람하고는…… 그래, 뭐, 마음대로 해. 하지만 한 가지만 알아 두라고. 천조비가 있었다면 그는 내 말을 단박에 이해하였을 거야."

홍개가 얼굴을 찌푸려 말했다.

벽창호다.

홍개에게 양억은 답답함의 상징이 되어 가고 있었다.

"내가 지금 말을 듣는 이유는 하나뿐이라는 것을 명심하시오. 그가 숨을까 봐, 그가 사라질까 봐 그를 옭아맬 줄을 얻으려는 것 때문이지, 나를 옭아맬 줄을 바라는 것이 아니라는 것을 말이오."

"알겠다! 알겠어, 이놈아! 내 이런 놈에게 왜 관심을 두어서…… 에잉!"

홍개가 신경질을 뱉어 내며 걸었다. 사천, 당사독을 만나기까지 한 시진여 남은 시간이었다.

第二章

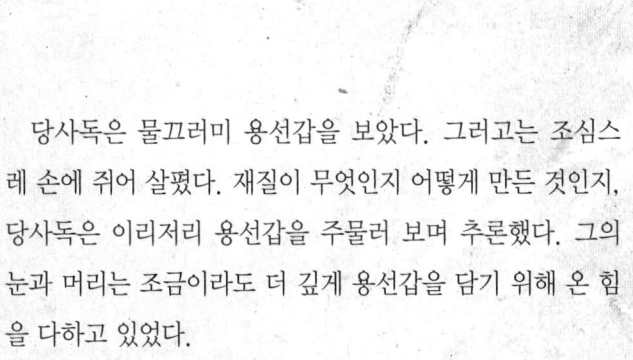

 당사독은 물끄러미 용선갑을 보았다. 그러고는 조심스레 손에 쥐어 살폈다. 재질이 무엇인지 어떻게 만든 것인지, 당사독은 이리저리 용선갑을 주물러 보며 추론했다. 그의 눈과 머리는 조금이라도 더 깊게 용선갑을 담기 위해 온 힘을 다하고 있었다.

 '녹일 수 있다면 더 좋았을 텐데.'

 한참 용선갑을 주무르던 당사독이 입맛을 다셨다. 그의 머릿속에는 아쉬움이 가득했다.

 만지고, 보고, 주물러 봐야 결국 추론일 뿐이다. 더 자세한 것들은 부숴 봐야 알 수 있는 일. 하지만 이러한 기물을 부순다는 것은 애초에 말이 안 된다.

"잘 보았소."
당사독이 용선갑을 건네며 말했다. 양억은 용선갑을 받아 품에 넣었다.
"염왕천에 관한 소식은 들었소. 어떠한 정보가 맞는 것인지 모르겠으나, 그에 대한 이야기가 사천에서 흘러 나가는 일은 없을 것이오."
"흘러 나갈 것이라는 생각도 안 했소."
양억이 퉁명스레 답했다.
"하하! 믿어 주는 것이오?"
"믿을 만한 곳이라고 들었으니까."
말을 흘리는 양억의 눈이 홍개를 향했다. 자연스레 당사독의 눈도 멋쩍게 선 홍개를 향했다.
"좋게 말씀해 주셔서 고맙습니다."
"내 뭘 말했다고. 나는 그저 사실을 말했을 뿐이야."
홍개가 거북한 시선을 피해 말했다.
"연목함은 어찌 되었나?"
"흉내를 내 보기는 하였는데, 기술이 대단하여 제대로 따라 하기가 힘이 듭니다."
"그래?"

"예, 볼수록 놀라운 물건입니다. 물건을 만드는 재주뿐만 아니라 음악적인 재능도 가지고 있었음에 틀림이 없습니다."

"그렇군."

홍개가 고개를 끄덕여 말했다.

그리고 자리에 침묵이 흘렀다.

무언가 말을 해야 하는데, 누구도 입을 열지 않았다. 양억도, 홍개도, 당사독도 해야 할 말을 가슴에 품고만 있었다. 먼저 나서 입을 여는 이가 없었다.

"흠."

한참 말을 품던 홍개가 깊은 숨을 내쉬었다.

"답답하군."

"무엇이 말입니까."

"이 분위기, 이 자리, 전부."

홍개는 작게 고개를 젓고는 마른 입술을 핥았다. 말이 쉽게 떨어지지 않았다.

"이황자 쪽은 어떤가?"

"그것은 왜……."

"시치미 뗄 생각일랑 마시게. 모르는 것도 아니고…… 현 황제의 상태가 좋지 않다고 이런저런 말들이 많던데 말이야."

파계승(破戒僧) 43

"그렇습니까?"

"모른 척하지 말라 하였네."

당사독은 힘을 주어 말하는 홍개를 보았다. 그의 눈빛에서 물러설 생각이 없음을 읽었다.

'이렇게 확신하는 이유가 무엇일까?'

당사독은 빠르게 셈을 해 보았다. 이야기에 대한 정보와, 그 정보에 대한 확신이 없었다면 꺼내지 않았을 것이다.

정보에 대한 확신을 줄만한 집단이라면, 개방의 내부.

'아하!'

당사독의 얼굴에 얇은 웃음이 걸렸다. 최근 개방도로서 황궁 벼슬자리에 오른 이가 몇 있다는 것이 생각이 난 게다.

"참 어렵습니다."

"무엇이 말인가."

"이야기하기가 쉽지 않다는 것이 말이지요. 궁금(宮禁)이 왜 궁금이겠습니까. 황궁에서 벌어지는 그 어떤 이야기도 밖으로 나가서는 안 되기에 궁금이 아닙니까."

"그래서 모른 척하겠다는 이야기인가."

홍개가 말했다. 이리저리 둘러치고 있지만 언제고 뱉을 말임을 홍개는 알고 있었다.

"어려운 부탁이십니다."

"힘을 합치자는 것이야."

당사독의 눈이 가늘어졌다 그는 홍개와 양억을 번갈아 살피고는 굳게 닫은 입을 열었다. 더 이상 뜸을 들여 봐야 좋을 것이 없다는 생각이 든 게다.

"황제의 안위에 대해서는 사실 저도 정확히 모릅니다. 하지만 아시는 것과 같이 좋지 않다는 것은 미뤄 짐작하고 있습니다."

"이유는?"

"이황자가 세력을 모으고 있습니다. 자신의 측근들과 더불어 무림에도 눈을 두고 있는 것으로 알고 있습니다."

"그래, 그뿐만이 아니지. 삼황자 역시 세력을 모으고 있다더군."

"정확하게 말하자면 삼황자라기보다 그의 뒷배를 차고앉은 재상 포경청이겠지요."

막힌 둑이 터지듯, 이야기들이 거침없이 쏟아졌다. 홍개도, 당사독도 감추는 것 없이 말을 꺼내 놓았다.

"일황자는 어떤가?"

"궁을 나선 탕아에 대한 소식은 모르겠습니다. 그가 무엇을 하는지, 파악키도 힘드니까요."

"이황자에게 힘을 실어 준다는 이야기가 있던데."

"일찍이 황제의 자리를 원치 않았던 일황자니까요. 그나마 친분이 깊던 이황자와 일찍이 밀약이 있지 않았을까 하는 소문은 들었습니다."

"그렇군."

홍개가 수염을 쓸어 만지며 말했다.

"개방은 어디까지 파악하고 있습니까?"

"무엇을 말인가."

"삼황자, 아니, 황궁에서 사람을 보내어 정병에 사용할 무인들을 달라 말했다 들었습니다."

"귀도 밝군. 당가에도 왔었나?"

"오지 않았습니다. 그네들도 파악은 하고 있을 테니까요."

"이황자에게 완전 포섭된 것인가?"

"한 발 떨어져 보고 있습니다. 하지만 같은 곳을 보고 있는 것은 분명하지요."

홍개의 밑에 당사독이 서슴없이 말했다. 서로를 보는 눈빛이 먹이를 노리는 매처럼 매서워졌다. 싸움은 주먹으로만 이루어지는 것이 아닌 즉, 둘의 신경전은 그 어느 때보다 날카로웠다.

"일단 사파 세력들은 포경청의 수중에 있을 것이라 생각합니다."

"나 역시 같은 생각일세. 염왕천만 해도 그렇고. 이번 일로 밝혀진 게 적잖아."

"끈 말이지요?"

"그래, 언제부터 둘의 밀월관계가 시작되었는지 확인할 길 없으나, 짧은 시간은 아니었으리라 추측하고 있어."

"이유는요?"

"포경청이 재상에 오르기까지 비명에 간 정적들. 그들을 시해한 무공에 대해서도 몇 가지 파악해 냈고."

"사대 사파, 아니, 삼대 사파가 모두 관여하고 있는 것입니까?"

당사독이 심각한 얼굴로 물었다.

그는 자신의 생각보다 홍개, 개방이 더 많은 정보를 가지고 있음에 놀라고 있었다.

정적을 시해한 이들의 무공을 파악했다는 것은, 그들이 개별적으로 위와 같은 정치적인 의문사에 대해 자체 조사를 벌였다는 말이 되기 때문이다.

"세 곳은 확실하다 생각하고 있네. 한 곳은 이제 사라져 버렸으니 두 곳이 남았군."

"세 곳이 확실하다면 불확실한 한 곳은 어디입니까?"

"장강수로채와 녹림. 정사대전 이후 장강녹수림이 된 그들의 행보는 어떨지 짐작되지 않네."

"그렇군요. 황궁과 가까이하는 것이 가장 이득이 클 자들일 텐데요."

"끌끌! 음지에서 양지로 나오기를 고대하는 이들이라면 그렇겠지만, 그들은 아니야. 애초에 나라가 싫어 떠난 이들. 그네들이 황궁이 내미는 손을 선뜻 잡을 것이라고는 생각지 않네."

홍개의 말에 당사독이 고개를 끄덕였다. 두 집단과 황궁의 악연을 생각해 보면, 틀린 생각은 아니다.

하지만 정치가 무엇이던가.

필요하다고 생각되면 적과도 서슴지 않고 손을 잡는 것이 황궁이고, 벼슬아치 들이다.

"그럼 정병에 대한 건은 어찌 되었습니까. 제가 알기로는 구파에도 사람이 다녀간 것으로 알고 있습니다만……."

"그것을 어찌 알고 있는가. 세가에는 오지 않았다 하지 않았는가."

홍개는 말을 늘이는 당사독을 보았다.

이것을 묻기 위해 정보가 쌓인 이야기를 꺼내 놓았구나 싶었다.

"보내지 않기로 하였네."

"그것으로 끝이 날 리가 없을 텐데요. 포경청의 잇속 챙기기이긴 하겠으나, 정확하게는 황궁에서 보내온 부탁이 아닙니까. 그것을 쉬이 거절할 수는 없을 텐데요."

"흥! 황제가 온다 하면 모를까. 뿌리 깊은 나무는 바람에 아니 흔들리는 법. 그만한 수들은 스스로 강구할 수 있으니 걱정치 마시게."

"그렇군요."

말을 받은 당사독의 눈이 가늘어졌다.

"하면……."

"이황자와 함께하는 것도 반기지 않을 거야."

"아……."

말을 잘라 들어오는 홍개의 모습에 당사독의 말이 튀었다. 그는 탄식을 내뱉으며 너무 쉽게 속을 보인 자신을 자책했다.

"어르신의 생각이십니까?"

"아니. 모두의 생각이다. 개방이 구파를 휘어잡을 만큼 대단하다 생각해 주는 것은 고맙지만, 그들도 어엿한 정파의 기둥, 듣는 귀와 보는 눈이 있음을 잊어서는 안 될 것이야."

"예, 하지만…… 언제고 선택을 해야 할 것입니다. 이황자도 재상 포경청도 서로 차기 황권을 두고 다투고 있으나, 같은 것이 하나 있습니다."

"무림을 그대로 두지 않을 거란 것 말이지?"

당사독의 말에 홍개가 입술을 이죽거리며 말했다.

"무림은 보물 보따리가 아닌데 말이지. 사람은 사람 사는 대로 두는 것이 좋음을 어째들 모르는 것인지. 여하튼 때가 되면 모두가 움직이겠지. 그때가 되면 미리 언질은 주지."

"예, 어르신."

홍개의 대답에 당사독이 빙긋 웃었다.

홍개는 당사독의 웃음에 담긴 의미를 생각하며 오싹해진 몸을 떨었다.

"그럼 이만 돌아가 보겠네."

"벌써 말입니까?"

"해야 할 일이 많으니까. 앉아 쉴 시간도 없고. 자네 역시 마찬가지가 아닌가. 쇳물 끓는 소리가 도시에 가득하더군."

"하하! 사천이니까요."

홍개는 웃어 얼버무리는 당사독을 보며 얼굴을 찡그렸다.

'일부러 알기 쉽게 속내를 내비치면서도, 중요한 것들은 감추고 있는 것이겠지.'

쉬운 사람 같으면서도 어렵다고 생각했다.

"아, 그리고 부탁이 하나 있는데, 포경청이 임명했다던 그 인물에 대해서 좀 알아봐 줄 수 있겠는가."

"그에 대해서라면 죄송합니다. 사실 여러 가지로 수소문해 보았으나, 찾지 못하였습니다."

"참인가?"

"거짓을 말해 무엇 하겠습니까. 참입니다."

홍개는 너무도 쉽게 실패를 시인하는 당사독을 쳐다보며 목까지 차오른 말을 삼켰다.

"그럼 어쩔 수 없지. 그래도 계속 알아봐 주게. 제아무리 날쌘 쥐라 할지라도 언제고 꼬리를 보일 날이 있을 테지."

"예, 그리되면 가장 먼저 전서를 날리겠습니다."

홍개는 웃으며 말하는 당사독을 뒤로 한 채 일어서 걸었다.

"이야기는 다 끝이 난 것이오?"

양억이 뒤에 붙으며 물었다.

"다 듣지 않았는가. 더 나눌 이야기가 없으니 돌아가 봐야지."

"흠."

양억은 포권해 인사하는 당사독을 힐끔 쳐다보고는 우뚝 걸음을 멈췄다.

"왜 그래?"

"나는 아직 할 말이 남았소."

"무슨 말?"

양억은 커다란 눈을 끔뻑여 묻는 홍개를 힐끔 쳐다보고는 크게 발을 굴러 소리쳤다.

"적! 적이 쳐들어왔다!"

"무, 무슨?"

"적이 쳐들어왔다!"

벼락같은 양억의 소리에 조용하던 사천당문이 발칵 뒤집혔다. 삽시간에 수많은 무인들이 튀어나와 창칼을 겨눴다. 가옥으로 운무가 깔리고 기괴한 장치들이 쏟아져 나왔다.

"무슨 짓을 하는 것이냐!"

당사독이 소리쳐 말했다.

노기 어린 목소리에 실린 살기가 양억의 피부를 찔렀다. 양억은 당황한 홍개를 향해 빙긋 웃음 짓고는 살기를 쏟아내는 당사독을 향해 걸었다.

"아, 안 돼! 지금 그곳으로 가면!"

홍개가 밀리기도 전에 수십 수백의 암기들이 양억을 향해 쏟아져 내렸다. 비처럼 쏟아진 그것들은 양억의 몸을 빈틈없이 찔렀다. 매캐한 냄새와 함께 암기들이 쏟아진 바닥이 녹아 흘렀다.

독, 그것도 맹독이다.

"크흡!"

홍개가 코와 입을 막고 물러섰다. 당사독 역시 마찬가지였다.

'큰일이구나!'

당사독은 시커멓게 피어오르는 연기를 쳐다보며 마른 입술을 핥았다. 당치 않은 도발일지라도, 너무 과하게 손을 써 버렸다. 양억은 당사독에게 있어서도 중요한 패였다.

"어서 해독을!"

홍개가 다급히 소리쳤다.

당사독은 황급히 고개를 끄덕여 장포를 벗었다. 그리고는 장포로 시커멓게 피어오른 독무를 덮었다. 이미 가망이 없다 생각했지만, 그렇다고 해서 움직이지 않을 수 없었다.

보는 눈.

홍개가 있었기 때문이다.

"피독주를!"

소리치는 당사독의 말에 여기저기서 흑의를 걸친 무인들이 떨어져 내렸다. 그들은 저마다 품에서 허연 패를 꺼내어 당사독에게 내밀었다.

패 끝으로 장식된 보랏빛 구슬.

당사독은 받은 피독주들을 한 손에 모아 부쉈다.

우드득.

모래알처럼 작게 바스러지는 피독주가 스르륵 바닥으로 가루가 되어 흘렀다. 당사독은 손아귀에 가득 바스러진 피

과계승(破戒僧) 53

독주를 훅 불어 날렸다.

"중상급이지만 임시처방으로……."

입김에 흩어진 피독주 가루가 장포에 닿기도 전에 앞으로 덮어 누른 장포가 꿈틀거렸다. 곧이어 흙이 녹아 버린 맹독의 중심에서 낯익은 목소리가 흘러나왔다.

"이 장포로 독을 닦아도 괜찮겠소?"

"아……?"

당사독은 멍하니 꿈틀거리는 장포를 보았다.

그는 커다란 눈을 꿈뻑거리고는 우두커니 멈춰 서 마른 침을 삼켰다.

독에 젖은 양억을 향해 덮어 놓은 장포가 꿈틀거리는가 싶더니, 곧이어 시커멓게 녹아내렸다. 녹아내린 장포 사이로 독무를 닦아 낸 양억이 멀쩡한 얼굴로 사지에서 걸어 나오자 주변으로 모인 무사들이 움찔해 걸음을 물렀다.

"퉤!"

녹색 침을 뱉는 양억의 얼굴 근육이 씰룩거렸다. 뱉은 침이 바닥을 녹여 부글부글 끓었다.

"대, 대체 어떻게?"

당사독이 놀란 얼굴로 물었다. 그의 눈은 멀쩡하게 사지를 걸어 나온 양억에게서 떨어지지 않았다.

"뭐가 말이오?"

"어, 어떻게 살아……."

"나를 죽이려 한 것이오?"

"그것은……."

태연히 묻는 양억의 말에 당사독은 무어라 대답지 못했다.

파삭!

양억이 걸음을 걸을 때마다 독무에 삭아 버린 옷이 바스러져 날렸다.

"또 이렇게 되었군."

양억은 곧 실오라기 하나 걸치지 않은 알몸이 되었다.

"후우."

깊게 한숨을 내쉬었다. 가슴에 갈무리해 두었던 용선갑과 북해빙궁의 패가 바스러진 옷가지와 함께 '툭'하고 떨어져 서늘한 기운을 쏟아 냈다.

"다가가도 되는가?"

홍개가 물었다. 양억은 킁킁 냄새를 맡아 몸을 훑고는 고개를 가로 저었다.

"곁에 와서 좋을 게 없을 것 같소. 이보시오. 옷가지와 씻을 물을 좀 주시겠소. 이대로는 이야기도 나누지 못할 것 같군."

"아, 알겠소. 그리 하리다."

양억의 말에 당사독이 마른 입술을 핥으며 말했다. 그는 눈으로 보고도 믿기 힘든 현실에 잔뜩 위축이 되어 있었다.

'있을 수 없는 일이다. 설마 만독불침의 독인이라도 된단 말인가!'

돌아서 걷는 당사독은 충격에서 한참을 헤어 나오지 못했다.

*　　*　　*

꼬로로록!

양억은 당사독이 준비한 정화수 깊이 몸을 묻었다. 스스로 푸른빛을 내는 물은 양억의 몸에 닿은 순간 붉은빛으로 물들었다.

"신비한 물이군."

양억은 새뻘겋게 변한 정화수에서 나와 옆으로 마련된 탕에 다시금 몸을 누였다. 온몸의 독이 씻겨 나갈 때까지, 꼬박 열두 번. 양억은 각기 다른 정화수에 몸을 누여 씻는 것을 반복하였다.

*　　*　　*

"대체 어떤 위인이란 말입니까."

당사독이 홍개를 향해 물었다.

양억이 정화수로 든 지 수시진.

당사독은 충격을 덜어 냈는지, 이전보다 그나마 나은 표정을 짓고 있었다.

"나도 몰라."

"모른다니요! 모르는 이를 이렇게나 곁에 두신단 말입니까."

"아, 모르는 걸 어떻게 해! 그냥 뚝 하고 떨어졌어. 그러니 알 수가 있나. 내가 아는 것이라고는 그가 복수를 원한다는 것밖에 없어."

"하!"

당사독이 기가 차 웃었다.

"말도 안 되는 일입니다. 대체 어떠한 무공을 어찌 익힌 것입니까? 염왕천을 홀로 부쉈다는 말이 사실인 것입니까? 풍문에는 북해의 무공을 사용한다는 말도 있던데…… 혹, 빙궁의……."

"쯧! 북해의 사람은 아니야. 중원에서 낳고 자랐다."

"확실한 것입니까?"

"그것은 확실해. 내 목을 걸어도 좋다."

홍개는 되묻는 당사독을 향해 단호히 말했다.

과한 표현이었으나, 이러한 문제에 있어서만큼은 단호한 것이 좋다.

"어르신께서 그리 말씀하신다면…… 믿겠습니다."

"흥! 믿고 말고 할 것이 무엇이 있다고. 나도 묻겠는데, 아까 그가 당한 독이 어떤 독인가."

"그건……."

"말하여 보게. 그래야 나도 물을 것이 아닌가."

홍개의 말에 당사독은 한참 고민했다.

당가의 가주로서 가문의 독을 발설하는 것은 옳지 않은 일이다. 하지만 이번 일은 피한다 하여 피할 수 있는 것이 아니다.

"무형지독과 사색혈무독이었습니다."

"무형지독과 사색혈무독? 농담치 마시게. 그 둘은 사천 당가에서 자랑하는 맹독이 아닌가. 그가 도발을 하였다 하나 그만한 독을 함부로……."

"최근 여러 가지 일로 방비가 높아진 참입니다. 간자들이 문을 넘을 수도 있고 해서……."

"참말이란 말인가?"

당사독은 대답 없이 고개를 끄덕였다.

"허, 됐네. 맹독을 쓴 것에 대해서 따질 마음은 없네. 잘못은 분명 위험을 자초한 그에게 있으니까. 내 놀라는 것은 자네와 같아. 대체 그가 어찌 그러한 독을 견딜 수 있었는가 하는 것이야."

"그가 독인일 가능성은 없습니까?"

"독인?"

당사독이 고개를 끄덕여 말했다.

"만독불침에 이른 독인이라면 독이 통하지 않는 것이 당연하니까요."

"설마…… 말도 안 되는 일이야. 그가 독인이었다면 그의 장에 당하거나 죽은 이들의 몸에서 흔적을 발견할 수 있었을 게야."

"독인의 경지에 이르면 자신의 몸에 품은 독을 숨기는 것은 일도 아닙니다."

"아니야. 그가 독인이라고 생각하기에는 빈약해. 논거가 부족해."

"저는 잘 모르겠습니다. 그는 저와 처음 만나는 자리에서도 거침이 없었습니다. 어르신이 곁에 있다 하지만, 그는 제가 내민 찻잔을 거침없이 들이켰지요. 그때는 담이 큰 것이다 생각을 하였는데, 지금 와서 다시 생각해 보면……."

"생각해 보면?"

"그가 독인이라 그런 것이 아닐까 하고……."

"허! 생각을 몰아가지 마시게. 그는 그저 자네를 믿었던 게야. 그가 독인이기에 안심하고 차를 마셨다는 생각은 너무도 불쾌해. 내가 불쾌해."

"…… 죄송합니다. 하지만 저는……."

당사독은 뭐라 말을 잇지 못했다. 머리가 혼란스럽다 못해 어지러울 지경이었다.

"나는…… 오히려 다른 생각이 들어."

"무슨 생각 말씀이십니까."

"왜, 그가 걸친 의복이 독에 바스러져 사라졌을 때 말이야. 기억하는가?"

"그것이 왜……."

"아니, 아니, 다른 것을 말하려는 것이 아니라 말이야. 그의 알몸에서 무언가 이질감을 느끼지 않았느냐 말이야."

"양물이 비정상적으로 컸던 것이……."

"이 사람아 그런 것 말고!"

당사독의 말에 홍개가 소리쳤다. 어문 대답에 홍개의 얼굴이 벌겋게 달아올랐다.

"사내놈의 양물을 내가 왜 논해!"

"죄송합니다. 사실 잘 모르겠습니다. 제대로 볼 겨를도 없어……."

"흠! 흠! 그렇군. 나는 말이야. 보았단 말이지. 혹여 상처가 없는지, 익힌 무공의 흔적이 남아 있지는 않은지 꼼꼼히 살폈어."

"상처가 있었습니까?"

"없었지! 그의 몸에는 상처 하나 없었어. 몸 전체에 말이야. 게다가 점 또한 하나도 없더군."

"점이 없다?"

"그래, 그뿐만이 아니야. 그의 몸에는 응당 있어야 할 것이 없었어."

"무엇이 말입니까."

당사독이 단숨에 말을 털어놓지 않는 홍개를 향해 물었다. 홍개는 잔뜩 뜸을 들이고는 아랫입술을 깨물었다.

"내 몇 번을 살폈지. 제대로 본 것이 맞는가 말이야. 혹시 몰라 눈을 비비지는 못했지만, 몇 번을 껌벅이며 늙은 눈을 보챘다고. 배꼽! 그의 하복부에는 배꼽이 없었어."

홍개가 흥분해 소리쳤다.

"그, 그렇다면 설마?"

당사독의 말에 홍개가 작게 고개를 끄덕였다.

둘은 서로가 끝맺지 못한 말들을 뇌까리며 마른침을 삼켰다.

이야기 끝에 나온 결론.

둘은 모두 그것을 알고 있었으나 말로 쉽게 뱉지 못했다.

"환골…… 탈태를 이룬 것이겠지. 선골, 이제는 전설이 되어 버린 신의 몸을 가졌는지도 모르지."

"아아……."

탄식하는 당사독의 어깨로 힘이 쭉 빠졌다.

\* \* \*

"왜들 그러는 게요?"

양억은 불편해진 시선에 뒷머리를 긁적였다. 홍개도 당사독도 퀭한 눈으로 양억을 응시하고 있었다.

"무슨 일이 있었소?"

양억이 둘의 시선을 견디지 못해 물었다.

"있었지."

"있었소."

홍개와 당사독이 입을 맞춰 말했다.

"대체 무슨 생각으로 그런 일을 벌인 것인가."

먼저 홍개가 나서 물었다.

"적이 나타난다면 도와 줄 수 있는 사람이라는 것을 보여 주고 싶었소."

"어떻게?"

"크게 소리치고 넓게 보이고 나서 줄 수 있다. 뭐, 그런 생각으로……."

"자칫 잘못하면 죽을 수도 있다는 생각은 안 해 보았나?"

홍개의 목소리가 높아졌다.

고작 그런 이유로 목숨을 걸었단 말인가 싶었다.

상식이 없다.

저 말도 안 되는 소리를 누가 믿을까.

'헌데 저 말이 사실일 거란 말이지.'

홍개는 잔뜩 얼굴을 찡그렸다. 분명 누구도 믿지 못할 헛소리인데, '그래, 네놈이라면 그랬을 거야.'라고 납득을 해 버리는 자신이 거기에 있었기 때문이다.

"죽이기까지는 않을 것이라 생각했소. 물론 어느 정도의 마찰이 있을 것이라고는 생각했소."

"하지만 그 정도는 견뎌 낼 수 있으리라 여겼다?"

"그렇소."

이번에는 당사독의 얼굴이 일그러졌다.

"혼란스럽군요."

"그렇군."

양억의 말과 태도에 홍개와 당사독이 이마를 짚어 말했다. 둘은 약속이라도 한 듯 길게 한숨을 내쉬었다.

자신들의 상식으로는 양억의 행동이 조금도 이해되지 않았기 때문이다.

"혹시 독공을 배운 적이 있소?"

당사독이 이마를 짚은 손을 내려 물었다. 그는 수년은 늙어 버린 듯한 얼굴로 양억을 보고 있었다.

"독공?"

"독을 사용하는 무공 말이오."

"배운 적 없소."

"하면 그 몸은 어찌 된 것이오. 피부에 극독을 맞았음에도 이상이 없소? 향을 맡기만 해도 혼절해 쓰러질 극독임에도 말이오. 만독불침이라도 이룬 게요?"

"모르오."

이번에도 양억의 대답은 짧았다.

그는 앞에 놓인 차를 단번에 삼켜 비우고는 멍하니 선 당사독을 보았다.

"내 몸에 대해서는 나도 잘 모르오. 하지만 한 가지, 적어도 그러한 것에 죽지 않을 것이라는 사실은 알고 있소."

"대체 어찌 말이오?"

"그와 같은 물음을 항상 들어 왔으니까. 나는 얼음 속에서도 살았소. 불 속에서도 살았지. 도검삼림에서도 마찬가지였으니, 독 역시 같지 않겠소."

"하……."

당사독은 양억의 말에 말문이 막혔다.

무어라 대답해야 좋을까?

머리가 멍해지는 기분이 들었다.

자신의 이야기를 마치 다른 이처럼 말하고 있지 않은가.

"얼음, 불, 도검에 독까지. 이거 원 절대무존이라 하여도 믿지 못할 경지가 아닌가. 한서불침에 도검불침, 만독불침의 경지까지. 하하! 이 말을 믿어야 할지…… 터무니없군."

"나는 거짓을 말하지 않소."

"알아. 그래서 더 이러는 것이지. 자네가 말한 얼음은 북해일 것이고, 불은 염왕천, 독은 사천당문. 그럼 도검은 어디인가."

"곤륜."

"곤륜?"

양억의 말에 홍개의 눈썹이 치솟아 올랐다.

"곤륜과 만난 적이 있나?"

"있소."

"언제, 어디서?"

홍개가 눈을 부릅떠 물었다.

오래전에 구파를 모았을 때, 분명 양억에 대해 알지 못한다는 말을 들었기 때문이다.

"복수에 정신을 바로잡지 못했을 때요. 곤륜의 도사 하나가 검을 가지고 부딪쳐 온 적이 있었소."

"도사? 혹 이름을 아는가?"

"모르오."

"하면 곤륜의 도사인 것은 어찌 아는가?"

"그것은 기억이 나니까."

호록.

양억은 빈 찻잔에 찻물을 따라 삼켰다.

"기억해 내! 누구, 누구냐고! 이 괘씸한 놈!"

홍개가 흥분해 양억의 멱살을 잡아 말했다.

열이 올랐다.

수일을 함께하고 수개월을 그에게 시간을 쏟아 부었건만 모르는 이야기가 아직도 산더미다.

"어, 어르신. 그 이야기는 일단 나중에 하고 지금은 다른 것을……."

"응? 아아…… 그래, 그렇지."

당사독의 말에 홍개가 멱살을 잡은 손을 놓아 물러섰다. 그는 헛기침을 하고는 흥분한 표정을 지워 말했다.

"자네에게 부탁할 것이 하나 있네."

"말씀하시오."

"먼저 오늘의 일은 불문에 붙여 주게."

"애초에 말할 곳도 말할 마음도 없소. 내 어디에 이러한 이야기를 하겠소."

"그건 알고 있지만, 그래도 확언을 원해 하는 말일세."

양억은 가만히 당사독을 보았다. 말은 홍개가 하고 있는데, 대답을 기다리는 것은 홍개가 아닌 당사독임을 깨달은 게다.

"그리하겠소. 다른 부탁이 더 있소?"

"본 문은 그대와 친우를 맺기를 원하오."

당사독이 고심에 찬 얼굴로 말했다. 떨리는 입술이 말을 꺼내기 까지 쉽지 않은 고민을 두었음을 말해 주고 있었다.

"친우?"

"당문의 가족이 되어 달라 말하는 것이오."

당사독이 품안에 넣어 둔 패를 꺼내어 말했다.

"가족이라."

양억은 당사독이 내미는 패를 가만히 보았다. 그러고는 어쩐지 가려워진 눈 밑을 긁어 말했다. 비슷했던 일이 생각이 나서였다.

"사천당문은 북해빙궁과 적이오?"

"적도 아니고 우방도 아니오. 그것은 왜 묻소?"

"북해에서 그와 같은 것을 받았기 때문이오."

툭.

양억이 품안의 패를 꺼내어 말했다.

설화객.

당사독은 보옥의 패에 양각된 글귀를 읽고는 잠시 생각에 잠겼다.

"빙궁의 객주에게 주는 패로군."

패를 살피던 홍개가 말했다.

"그렇다면 극빈에게 주는 것이 아닙니까. 저 역시 듣기만 하였지 보기는 또 처음이군요. 설화패면 빙궁의 무인들도 부릴 수 있는 사실상의 관패가 아닙니까."

"그렇지. 직접 확인해 본 바는 아니지만 말이야."

둘의 눈이 양억을 향했다. 어찌 된 영문이냐 묻고 있는 게다.

"그 패가 어찌 쓰이는지는 모르오. 나는 그저 받았소. 그리고 거절치 않았고. 그들은 내게 도움을 주었으니까."

"빙궁의 사람이라는 것이오?"

"그러한 것은 아니요. 다만, 그들과의 관계가 나쁘지 않다는 것을 말하는 것이오."

세 번째, 양억은 찻물을 채워 삼켰다.

말하는 것이 쉽지 않다.

속셈이 많은 자리에 속이 부글부글 끓었다.

이 말도 저 말도 감춰진 속셈이 많아 말이 매끄럽지가 못하다.

"하면 묻겠는데, 만일 빙궁과 당문 사이에 싸움이 벌어지면 어찌하시겠소?"

당사독이 양억을 향해 물었다.

"어찌하다니?"

"편을 들겠느냐 말이오."

양억은 날카로운 당사독의 눈매에 잠시 고개를 돌려 생각을 하다가 고개를 저어 말했다.

"그냥 관망하겠소."

"둘 중에 하나가 사라진다 하여도?"

"그게 도리가 아니오. 어느 한편을 들어, 나서서 싸우지 않을 것이오."

"그대라면 말릴 수도 있을 텐데?"

"하나가 사라질 만한 싸움에 어찌 끼어들어 말릴 수 있겠소."

양억이 얼굴을 찡그려 말했다.

싸움이라는 것이 그러한 것이다.

중으로 남았을 때도 중재를 위해 숱하게 뛰어다녔으나 어느 한 번도 제대로 된 중재를 마친 적이 없었다. 그렇기에 양억은 싸움은 언젠가 벌어지고, 승과 패는 언제고 갈린다는 것을 누구보다 잘 알고 있었다.

"그 말, 약조할 수 있소?"

"약조할 수 있소."

양억은 말을 묻는 당사독을 향해 고개를 끄덕여 주었다. 당사독은 잠시 고민하고는 '꽈악' 주먹을 움켜쥐었다.

"당문은 그대를 귀빈으로 맞기를 청하오."

"빙궁과의 관계가 있음을 알면서도 말이오?"

양억은 고개를 숙여 패를 내미는 당사독을 보았다. 그는 물음에 대답하지도, 손을 무르지도 않았다. 그저 결연한 얼굴로 양억을 바로 보았다.

"흠."

양억은 '받아! 받아!' 입을 뻥긋거려 말하는 홍개를 힐끔 쳐다보고는 패를 받아 쥐었다.

사실 고민할 것도 없었다.

지금과 같은 상황을 위해 독지에 뛰어들었던 것이 아니던가.

"귀빈으로 맞아 주어 고맙소."

답하는 양억의 얼굴에 희미한 웃음이 스쳤다.

第三章

"혹, 양억이라는 이름을 기억하고 계십니까."

중태부천관 이윤걸이 포경청을 향해 물었다. 수십의 군사들을 대동한 사냥, 포경청의 위엄은 황제만큼이나 웅장했다.

"양억이라…… 관료의 이름이오?"

"아니, 아닙니다. 기억치 못하신다면 되었습니다. 굳이 기억에 담으실 이름이 아닙니다."

이윤걸이 한 발 물러서 말했다.

"하면 왜 물은 것이오?"

"실언을 하였습니다. 죄송합니다."

"흠……."

포경청은 작게 숨을 내쉬며 이윤걸의 곁을 지나쳤다. 어딘가 낯익은 이름이나 이윤걸의 말처럼 기억에 두지 않았다. 관심에서 지웠다. 이미 머릿속에 넣어 둘 것들이 꽉 차 있었기 때문이다.

"오늘 자리는 그대들을 위한 자리이니 마음껏 즐기도록 하시오!"

포경청이 호탕하게 소리쳤다. 그는 활을 어깨에 걸고 말에 올랐다. 종자가 빠르게 다가서 전통을 말에 걸고는 말고삐를 건넸다. 그 뒤를 이윤걸이 따랐다.

"예! 오늘은 신이 꼭 곰을 잡아 현상하겠나이다."

"신은 범을 잡겠습니다."

"신은……."

곧이어 여기저기서 관료들의 외침이 터져 나왔다. 그들은 하나같이 몸을 굽실거려 포경청을 모았다. '훅' 하고 입김이라도 불면 굽실거리는 몸이 갈대처럼 쓸려 날아갈 것 같은 한심스러운 모습들이었다.

'이로써 료장파는 거의 손에 쥐었다.'

포경청은 파도처럼 굽이치는 관료들의 환호를 받으며 생각했다.

"앞으로 이러한 자리를 자주 가지는 것이 좋겠군."

"마음에 드셨습니까?"

포경청의 혼잣말에 이윤걸이 냉큼 나서 말했다.

"음? 아아, 내 혼잣말을 중얼거린 모양이군 그래. 좋네, 다들 하나가 된 것 같아 말이야."

"그럼 오늘 연회가 끝이 나면 다음 길일을 잡아 올리겠습니다."

"그래, 부탁함세."

이윤걸은 웃으며 말하는 포경청을 향해 포권해 답했다. 그러고는 천천히 나아가기 시작하는 포경청의 뒤를 말을 몰아 따랐다.

'줄.'

이윤걸은 포경청의 등을 보며 생각했다. 그 뒤로 가늘게 이어진 줄이 이제는 제법 단단해져 가는 것이 느껴졌다.

'더 높이 올라서 주마.'

등 뒤, 이윤걸은 포경청을 따르는 수십의 관료들을 흘겨보았다. 순해 보이던 눈이 매섭게 빛났다.

\* \* \*

홍개는 핼쑥해진 얼굴로 걸었다.

그는 곁에 선 양억을 한 번 보고는 한숨을 내쉬었다. 걷고 보고 한숨을 내쉬고. 벌써 수십 번째 반복한 일을 그는 계속 이어 가고 있었다.

"대체 왜 그러는 거요."

양억이 우뚝 멈춰 서 물었다.

"하아. 그것도 몰라서 묻는단 말이지."

홍개가 다시금 한숨을 내쉬며 말했다. 양억은 일그러지는 홍개의 표정과 쏟아지는 한숨에 얼굴을 붉혀 일갈했다.

"모르니 물어보는 것 아니오!"

쩌렁쩌렁한 목소리가 천지를 울렸다. 홍개는 펄럭이는 옷깃을 부여잡았다. 생각해 보면 그렇다. 살아 움직이는 모든 것이 무공이 되는 경지가 아닌가. 소리치는 것이 사자후가, 손을 뻗는 것이 권이, 발을 뻗는 것이 보가 된다.

형도 없고, 식도 없다.

그저 경지만이 있다.

"후우."

홍개는 다시금 한숨을 내쉬었다. 그러고는 화를 쏟아내고 있는 양억을 쳐다보며 말했다.

"사람이 한숨을 쉬는데 무엇이 더 있겠느냐. 그냥 사는 게 고단하고 답답해 그렇지."

"사는 것이 고단하고 답답한데, 왜 나를 보고 한숨을 짓는 거요?"

"그 원인이 너니까."

홍개가 감춤 없이 말했다.

"나는 너에게 모든 걸 말하는데, 너는 뭐 그리 감추는 게 많은지."

"내가 무엇을 감췄단 말이오."

"아니, 아니. 그래, 맞아. 너는 감춘 것이 없지. 근데 몰라. 사람이 상식이라는 게 있는 건데, 그 상식 밖에 네가 있으니 나는 계속 당해."

"뭘 당한단 말이오!"

"경악! 놀람! 그리고 무기력함."

양억의 말에 소리치던 홍개의 어깨가 축 쳐졌다.

"너에 대해서 더 깊이 알 수도 있었다고 생각한다. 적어도 너와 함께한 시간이 가장 긴 것은 나야. 무림에 나와서 중요한 시간을 함께 보낸 것이 나란 말이야. 그런데 나는 그런 너를 옆에 두고도 파악하지 못했어."

"그것이 중요하오? 나를 파악하는 것이?"

"중하다마다. 나는 네 보조를 맞춰 줄 심산이었어. 네가 걸으면 나도 걷고, 네가 달리면 나도 달리고. 아니…… 그래, 솔직해져 보면 사실 나는 너를 조종하고 싶었는지도 모른다."

양억은 흔들림 없는 홍개의 눈을 똑바로 보았다. 잔잔한 말에 진심이 가득하다. 후회와 머뭇거림, 수많은 감정들이 그대로 드러나 있다.

"나를 왜 조종하려 한단 말이오."

"몰라. 나와 다른 이상향에 서 있어 그런 모양이다."

"내가 말이오?"

홍개는 커다란 눈을 껌벅여 묻는 양억을 가만히 보았다.

"이럴 때 보면 아이 같단 말이지. 과자로 살살 꼬실 수 있을 것 같은……."

"무슨 말을 하는 거요."

"쯧, 그렇단 말이야. 어쨌든 너는 네 스스로가 네 자신을 몰라서 이런 일을 벌이는 것 같단 말이지. 무림과 무공에 대해서는 천조비라는 아이가 가르쳐 주었다 하지 않았느냐."

"무림에 대해서는 들었소. 하지만 무공에 대해서는……."

"가르쳐 줄 이가 없었겠군."

홍개가 양억의 말을 잘랐다.

그는 양억을 힐끔 쳐다보고는 그늘진 자리를 찾아 앉

앉다. 쏟아지는 태양을 막고 선 거목의 나무 그늘 아래였다.

"무림의 대부분의 문파는 무공에 있어 비인부전을 원칙으로 하고 있다. 일인전승을 고집하는 놈들도 있는데, 그들은 대부분 사라졌고. 지금은 인성이야 어찌 됐던 간에 자기 문파 아니면 안 가르쳐 줘."

"무학의 비밀 때문에 그런 것 아니오. 목숨보다 중한 것이니······."

"반은 맞고 반은 틀리다. 지금도 익히고자 하면 누구나 익힐 수 있는 무공들이 많다. 삼재검이라든가, 소응권이라든가······ 선지자들이 남긴 몇몇의 검, 도, 권의 무학들은 감춤 없이 공개되어 있지."

"하지만 그것들은 잡서로 취급되지 않소?"

"누가 그런 헛소리를 해? 그것들이 말하는 것은 기본 중의 기본. 재능이 있다면 그 기본만으로도 대성을 할 수 있다 이거야. 하지만 그런 이가 적은 이유는 뭘까."

"글쎄, 모르겠소."

"일다경이라도 생각을 해 보고 말하지, 쯧! 다른 것이 아니야. 그만한 재능이 있는 아이가 삼재검을 들고 익힐 필요가 없어졌기 때문이야. 문파들도 경쟁이지. 누가 더 뛰어난 아이를 보유 하였느냐, 얼마나 묘리를 깨쳤느냐,

제자가 몇이나 있느냐 하는 것이 다 그 경쟁 안에 들어가. 그러니 '한가락 한대.'라는 소문만 나도 여러 문파에서 데려가려 난리가 난단 말이지."

"아!"

"알았는가 보군. 그래, 뭐, 그런 거야. 비인부전이라 말하지만, 사실 인격보다도 더 중한 것이 재능이 되어 버렸지. 언제부터인가 말이야. 그리고 무공이라는 것이 대부분 어린 시절부터 배워 형성된단 말이야. 네놈은 특별한 경우니까 빼고 말이지."

홍개가 양억을 가리켜 말했다.

그는 잔뜩 못마땅한 얼굴로 양억을 흘겨보고는 턱을 쓸어 만졌다.

"아이가 무공을 익히고 다 자랐을 때, 그 아이에게는 무공도 무공이지만 문파라는 울타리 안에 엄청난 유대감과 소속감을 가지게 된다 이거야. 문파의 일이라면 물불을 가리지 않게 되는 거지."

"그렇군. 한데 이러한 이야기를 왜 내게 하는 것이오? 흥이 아니오? 혹, 개방만은 다르다는 말을 하기 위해……?"

"그럴 리가 있나. 개방도 똑같아. 물론 개방은 다른 문파와 달리 무공을 배우지 않은 이들이 많아. 모두가 무공을 익히고 있는 문파들과 그 점은 다르지. 하지만, 무공을 익히고 가르치는 이들은 똑같아."

홍개가 혀를 차 말했다. 그는 우두커니 선 양억을 올려다보고는 앉으라고 손짓했다.

"자네는 지금 참 기묘한 위치에 있어."

"어떤 위치말이오."

양억이 가부좌를 틀고 앉아 물었다. 그는 홍개가 무슨 말을 하려는지, 유추할 수가 없었다.

"새외 무림과 중원 무림의 귀빈이라 이거야. 솔직하게 말해서 사천과도 그리 교분을 맺었는데, 우리 개방과는 그보다 더 깊으면 깊었지 덜하진 않잖아."

"그거야……"

"소림도 그래. 듣자 하니 소림에서 소란을 피우기도 하였다면서. 그럼에도 불구하고 소림은 자네에게 덕을 쌓았다지?"

"뭐……."

"거기다 어제 말하기를 곤륜과도 연이 있다 하였으니, 구파일방 중의 셋, 오대세가 중의 하나와 교분이 있는 것이 아닌가 말이야."

홍개는 양억이 입을 뗄 때마다 말로 선수를 놓았다. 양억은 그러한 홍개의 말에 무어라 반박할 것도 없이 고개를 끄덕일 수밖에 없었다.

"사돈의 사돈은 사돈인 법이지. 지인의 지인은 지인인 것과 같이 말이야. 그러니 결국 북해와의 교분도 나는 쌓일 것이라 생각해."

"그것은 너무 크게 생각하는 것 아니오? 그들은……."

"그들이 중원에 대해 야욕이 없다는 것은 알아. 자리가 가릴 필요 없는 자리이니, 솔직하게 이야기 하지. 새외무림에 대해서 얼마나 알고 있나?"

"북해에 빙궁이, 남만에 야수궁이, 서역에 태양신궁이 있다 알고 있소. 그 셋을 합쳐 새외 삼왕이라고 부른다는 것도."

"기본은 알고 있네. 거기다 내가 살을 좀 더하면 말이야. 남만은 욕심이 없어. 중원에 대한 정복욕 같은 건 없는 순진한 놈들이지. 하지만 투쟁심이 강해. 과거에 마찰도 있었고. 언제고 다시 한 번 붙을 상대야."

"마찰?"

"아아. 정사대전 당시의 일인데, 사파인 중 한 놈이 남만까지 도망을 쳐 추적한 일이 있었지. 그때 영역을 넘어서게 되었고. 그놈이 그들의 경고를 무시하고 부족민을 잡아 죽인 일이 있었어. 추적해 도착했을 때, 그놈의 머리가 덩그러니 나무에 효수되어 있었지."

"그럼 끝이 난 것 아니오?"

"그럴 리가 있나. 이방인은 다 같은 이방인인걸? 그들은 우리에게 보상을 요구해 왔어. 우리는 줄 수 없다 하였지. 하지만 그들은 같은 중원인임을 내세웠고, 결국 갈등이 작은 싸움마저 불렀어. 후에 맹주가 나서서 교섭하고 정리하였지만 둘 모두 앙금이 없다고는 못 하지."

"흠……."

양억은 홍개의 말에 뒷머리를 긁적였다.

"그럼 태양신궁은 어떻소?"

"그들? 그들은 말할 것도 없이 적이지. 잠재적인 수준이 아니야. 그들은 한사코 중원 땅을 넘봐 왔어. 그들이 원하는 것은 단지 무림뿐만이 아니야. 매우, 아주 매우 위험하지."

"중으로 살 때는 이름조차 모르던 이들이었는데 말이오? 말갈이라면 또 모를까 그러한 세력이 있었다면 전쟁이 있었을 것 아니오?"

"알려지지 않은 전쟁은 이미 숱하게 있었어. 적은 적으로 제압한다는 말, 알고 있어?"

"이이제이 말이오?"

"그래, 정말이지 묘수지. 그네들이 중원 땅에 섣부르게 오지 못하는 이유는 나라 속의 나라, 천산에 자리한 마교 때문이야."

"마교?"

양억이 고개를 갸웃거려 물었다. 모르는 이름이 튀어나왔기 때문이다.

"천산에 위치한 종파야. 스스로는 신교라 칭하는데 들은 적이 없는가?"

"혹, 불을 숭상한다는……."

"그래, 알고 있군. 그들이지. 종교와 교리로 무장한 그들은 같은 종교 집단인 태양신궁을 달갑게 여기지 않거든. 우연하게도 둘 모두 서쪽에 자리 잡고 있어서. 태양신궁이 중원 땅을 밟기 위해서는 가장 먼저 거쳐야 할 곳이 마교란 말이지. 때문에 이름 없는 전쟁이 숱하게 발발했고 마교는 둑처럼 태양신궁으로부터 중원을 지켜 왔지."

"한데 왜 이름이 마교요? 스스로는 신교로 칭한다 하지 않았소?"

"그야, 그네들 역시 사실 크게 다르지 않기 때문이지. 그들의 교리는 끔찍해. 인성을 말살한다고. 더불어 그들 역시 야욕이 커. 중원을 호시탐탐 노리고 있다고."

"복잡하군."

"세상사가 다 그렇지. 무림이라고 정사 갈라놓고 둘이

서 땅따먹기를 하듯이 싸우고만 있을 것이라 생각했나?"

홍개가 웃으며 말했다.

"말이 길었군. 어쨌든 새외 세력 중 그나마 손을 잡을 만한 곳이 나는 북해라 생각해."

"어찌 말이오?"

"그들은 상식이라는 것이 있거든. 사람 자체도 나쁘지 않고. 뭐랄까…… 우리네와 다르긴 하지만 그렇다고 다른 둘처럼 근본적으로 이해가 불가능한 이들은 아니야."

"그리 생각하는 이유를 듣고 싶소만……."

"글쎄. 뭐, 그냥 선대로부터 깊게 쌓여 온 개방의 감이라고밖에는 말할 게 없군."

"감?"

양억이 잔뜩 얼굴을 찡그려 말했다. 너무나도 엉성한 홍개의 대답 때문이었다.

"그래, 감. 자의적인 해석이니까, 신용하지는 마."

"안 할 거요!"

양억이 자리를 털고 일어서 말했다. 괜한 말장난에 시간을 쏟았다는 생각이 들었다.

"쯧, 성급한 사람 같으니라고. 앉아, 아직 이야기 덜 끝났어."

"무림에 대해서라면 됐소. 그만 듣는 것이 낫겠소."

"쓰읍! 그래, 뭐, 거기에 대해서는 나도 더 할 이야기가 없어. 하긴 생각해 보면 앉아서 나눌 필요도 없는 말이로군."

"뭐가 말이오?"

"전부터 했어야 하는 말인데 말이야. 덤벼 보시게."

"지금 뭐라고 하였소?"

"덤벼 보라 했네. 한판 붙어 보자고."

누더기를 걷어붙이는 홍개의 눈으로 투지가 끌어 오르기 시작했다.

\* \* \*

"꼴깍!"

아이는 마른침을 삼켰다.

산지기인 아비의 잔심부름을 피해 산중턱에 숨어 올랐다가 다리가 굳어 버렸다.

요괴라고 해도 믿을 만큼 몸집이 커다란 사내와 누더기를 걸친 거지가 한판 붙었다.

처음에는 늙은 거지가 일방적으로 두드려 맞아 끝이 날 것이라 생각했다. '싸움이 될 깜냥도 없다.'라고 아이는 생각했다.

쾅!

거구의 주먹은 천둥과 같았다.

산이 울었다.

나무가 몸을 떨었다.

"히익!"

아이는 귀를 틀어막고는 흙먼지가 가득 피어오른 자리를 보았다. 절로 입술이 마르고, 떨리는 두 다리가 땅에서 떨어지지 않았다.

'산에는 산신이 산다. 허락 없이 다가서는 이들을 잡아먹지. 그러니 산에 올라가기 전에는 몸을 청결히 하고 산신께 기도를 올려야 해.'

아이는 뒤늦게 아비의 말이 생각이 났다.

겁이 나 오금이 저렸다. 피 떡이 되었을 늙은 거지가 머릿속에 떠올라 실금을 찔끔 지렸다.

그런데.

파파팡!

흙먼지 속에서 알 수 없는 경쾌한 소리가 울렸다. 소리는 곧 박자를 맞추어 치는 손뼉 소리와 같이 신명나게 터져 나왔다.

파파파파파팡!

소리가 터질 때마다 잔뜩 낀 흙먼지가 날렸다.

"어?"

아이의 눈이 커졌다.

눈앞에서 믿을 수 없는 광경이 펼쳐지고 있었다.

나무를 부수고 땅을 헤집는 거구의 주먹을 늙은 거지가 막아 내고 있었다.

늙은 거지의 움직임은 흡사 요술을 부리는 듯했다. 있다가 사라지고, 사라졌다가 나타나고, 사방팔방으로 뻗어 나가는 몸동작에서 마치 여러 명의 늙은 거지들이 거구를 향해 달려드는 듯했다.

"꼴깍!"

아이는 다시금 마른침을 삼켰다. 귀를 틀어막은 손이 어느새 축축이 땀에 젖어 있었다.

'산신과 요괴의 대결인가? 누가 산신인걸까? 늙은 거지가 사실은 산신이고 거구가 요괴인건가?'

아이의 얼굴빛이 붉어졌다. 오금이 저려 바지에 오줌을 지렸음에도, 다리가 떨어지지 않았다. 지금 당장이라도 등을 돌려 도망쳐야 하는데, 동시에 무언가 알 수 없는 감정이 가슴속에서 피어올랐다.

'누가 이길까?'

그것은 원초적인 궁금증이었다. 단박에 맞아 죽을 것 같던 늙은 거지의 호수(好手)에 혹시나 하는 마음이 인

게다.

'나는 지금 엄청난 걸 보고 있는 것인지도 몰라.'

아이는 바짝 나무에 몸을 당겨 붙였다. 싸움은 이제 아이의 눈으로 쫓기 힘들 만큼 격해져 가고 있었다.

\*      \*      \*


홍개는 가슴이 답답해졌다. 경쾌하게 펼쳐 내는 공격과 달리 얼굴은 이미 흙빛으로 물들어 있었다.

'그저 휘두르는 것만으로 압살이 되어 버리니……'

홍개는 얼마 남지 않은 어금니를 깨물어 권을 펼쳤다. 평생을 닦아 온 기교가 홍개의 손으로 쏟아져 나왔다.

치고, 차고, 꺾고, 밀고, 당기고.

홍개는 바람처럼 양억을 향해 휘몰아 쳤다. 권으로 근육을, 장으로 내장을, 금나수로 관절을 꺾어 노렸지만 신통치가 않다.

"훅!"

양억이 귀찮을 정도로 집요하게 따라붙는 홍개를 쳐다보며 자세를 다잡았다.

파리나 모기를 쫓듯 그림자를 쫓아 권을 뻗어 봐야 아무것도 없음을 깨달은 게다.

'빠르고 정확하다. 공격과 동시에 후퇴가 일어나니, 찾아 쫓는다 하여도 내가 더 늦다.'

양억은 상황을 판단했다.

온몸을 난타해 두드리고 있는 홍개의 공격을 받으면서도 부동의 자세를 유지했다. 거목과 같이 두 다리를 땅에 박고 섰다.

찌익!

양억은 어깻죽지를 잡아 밀치는 금나수에 흔들림 없이 섰다.

홍개의 발이 명치를 차고, 두 손이 목덜미를 잡아 내쳐도 미동조차 하지 않았다.

손을 놀리면 잡을 듯한 거리에 있음에도 양억은 움직이지 않았다. 그는 온몸을 두드리는 홍개의 공격을 맨몸으로 받아 냈다.

"울컥!"

우두커니 선 양억의 입으로 울혈이 차 올라왔다. 진탕된 내장이, 온몸을 두드리는 쇠망치와도 같은 홍개의 권에 타격이 온 것처럼 보였지만 사실 그러한 것이 아니었다.

'수상해.'

홍개는 핏물을 삼키는 양억을 쳐다보며 오히려 거리를 벌렸다.

염왕천기의 염왕신공에도 굳건히 버틴 몸이다.

전력을 다해 외공을 쏟았다 하나, 살초 없는 공격들.

홍개는 아무리 두드려도 감이 오지 않는 몸뚱이에 오히려 절망하던 차였다.

'꿍꿍이가 있군.'

홍개는 우두커니 선 양억을 살폈다.

한 발, 두 발 거리를 두던 것이 벌써 십 보.

이마 위로 땀방울이 맺혔다.

"정사대전 때도 아껴 두었는데 말이야."

맺힌 땀방울을 쓸어 닦는 홍개의 얼굴이 벌겋게 달아올랐다. 옷깃이 바람에 펄럭인다 싶더니, 한순간 노도와도 같은 장력이 양억을 향해 쏟아졌다.

"항룡십팔장!"

쩌렁쩌렁한 홍개의 기합이 산을 울렸다. 양억은 감은 눈을 번쩍 떴다. 어마어마한 위압감이 몸을 내리눌렀다. 바짝 선 털이 경고를 보내왔다.

'이전의 공격과는 다르다!'

양억은 한 마리 용처럼 쏘아져 들어오는 홍개를 쳐다보며 내기를 끌어 모았다.

부왁!

기괴한 소리와 함께 깊게 박아 넣은 양억의 두 다리가 떠올랐다.

"호, 호신강기?"

쾅!

양억을 향한 홍개의 중얼거림도 잠시, 폭음과 함께 시퍼런 빛이 번뜩였다.

양억과 홍개가 맞붙은 자리는 거대한 구덩이를 남겼다. 풀도, 나무도, 땅도…… 모든 것이 증발해 사라졌다.

"쿨럭!"

멀리, 나무숲 사이로 처박힌 홍개가 붉은 핏물을 토해냈다.

내기가 진탕되었다.

연신 검붉은 핏물이 입술을 타고 흘렀다. 내장이 상했는지, 핏물 사이로 살점들이 보이기도 했다.

"그리 크고 강한 호신강기는 반칙이 아니냐. 큭……."

홍개는 비틀거리는 몸을 일으키며 말했다.

제대로 된 강권 한 번 뻗어 보이지 못했으나 가슴이 후련해졌다.

졌다.

깨끗하게 미련 없이 홍개는 양억에게 졌다.

"애초에 될 수가 없는 싸움이었소."

"어찌 말이냐."

"나는 사람을 죽이기 위해 무공을 배웠소. 약한 상대라면 기운을 눌러 조절할 수 있으나, 고수에게는 다르오."

"살법을 익혔다 이거지? 쿨럭!"

양억을 향해 걷던 홍개가 털썩 쓰러져 핏물을 쏟았다.

"이보시오!"

양억 놀라 뛰었다.

그는 바닥에 쓰러진 홍개의 몸을 안아 들었다.

"내기가 진탕되었을 뿐이야. 너무 걱정치 마라."

"그러게 애초에 왜 의미 없는 싸움을 벌인 것이오."

양억이 얼굴을 찡그리며 말했다. 이와 같은 싸움은 또 처음이었다.

"행! 늙었다 해도 나 역시 무림인. 네놈과 같은 태산을 어찌 그냥 보고만 있을까. 호기 없이 사는 삶이란 죽은 삶인 게다."

홍개가 기분 좋게 웃으며 말했다. 양억과 달리 홍개의 마음은 후련해져 있었다.

"미련한 놈."

홍개는 양억의 품에 안겨 높고 푸른 하늘을 보았다.

"내 이렇게 사내놈의 품에 안긴 것이 얼마만이더라?

기분 참 더럽구나."

"농이 나오시오?"

양억은 히죽 웃는 홍개를 쳐다보고는 닳아빠진 신을 벗어 던졌다.

"가장 가까운 마을이 어디요?"

"왜? 안고 뛰려고?"

"쉬어야 하지 않겠소."

"이놈아. 내기가 진탕되었다는 말을 못 들었느냐. 네놈의 속도를 다친 몸으로 버틸 수 있을 성 싶으냐?"

"하면 어쩌란 말이오."

"쯧쯧!"

홍개는 난처한 표정의 양억을 향해 혀를 차고는 나무숲을 가리켜 말했다.

"아이야, 네 집을 좀 안내해 줄 수 있겠느냐?"

나지막한 홍개의 말에,
바스락!
나무가 떨었다.
아이.
숨어 양억과 홍개의 싸움을 지켜보던 산지기의 아들이 선 나무였다.

"이 사람, 이러니 내 말을 이해치 못하지. 아들도 그리 둘 참인가!"

"아니, 왜 성질을 내고……."

"아이에게 싹이 보이는데 그것을 가꾸고 키워 주진 못할망정 내칠 참인가 말이야. 내 답답해서 그러지!"

탕탕!

장춘삼이 가슴을 때리며 말했다.

"아니…… 뭐……."

장효는 그런 장춘삼의 모습에 뭐라 대답지 못하고 입술을 삐죽였다.

강하게 아니라고 말하기가 힘이 들었다.

"우리가 자네의 아들을 빼앗는다 생각지 말고, 아이를 가르치기 위해 유학을 보낸다 생각을 해. 산에서 산지기로 두기에는 아까운 그릇이야."

"거지가 되기 위해 유학을……."

"거지가 아니야. 쯧, 행색만 보려 하지 말라니까."

우물쭈물 거리는 장효를 향해 말했다.

"개방 출신의 거학에 대해서는 이미 앞서 말했고, 지금만 말해도 무과에 합격한 이가 서른이 넘고, 문과에 합격한 이가 마흔이 넘어."

"그게 참말이오?"

"개방도는 거짓말 안 해. 거지라는 겉모습은 허울일 뿐이야. 자네의 아들더러 거지가 되라 말하는 게 아니라 개방도가 되라 말하는 거야."

"하아……."

장효는 길게 한숨을 내쉬었다.

말발이 뒤진다. 이렇게 놓고 치고 저렇게 놓고 쳐도 술술 잘 피해 간다.

말도 안 된다 생각하면서도 흘깃해 마음이 동하기도 한다.

'무엇을 어찌해야 좋을까.'

장효는 청산유수처럼 말을 쏟아 놓는 장춘삼을 보며 이마를 짚었다.

"아저씨도 개방도예요?"

장삼종이 양억을 향해 물었다. 겁이나 곁에 서는 것도 힘들었던 한 시진 전과 달리, 장삼종은 양억의 곁에 착 달라붙어 있었다.

"나는 아니다."

"그런데 왜 거지들과 함께 있어요? 친구예요?"

양억은 또랑또랑한 장삼종의 눈을 지그시 보았다.

호기심 그득한 눈이 빛을 발한다.

그 언젠가 돌보던 아이가 그랬던 것처럼, 그 언젠가 지켜보았던 아이의 눈처럼 자신을 보는 장삼종의 눈에서 기억 속 옛날을 보았다.

"왜 말이 없어요? 제가 귀찮게 한 것인가요?"

"아니, 아니다. 그저 생각을 좀 하였다."

"무엇을 말인가요? 아까 그 싸움이요?"

양억의 말이 끝나기가 무섭게 장삼종이 말을 붙여 왔다.

아이, 장삼종은 흥분해 있었다.

볼이 불그스름해지고 말을 묻는 목소리에 힘이 차 있었다.

"거지 할배도 잘 싸웠지만 나는 알아요. 아저씨가 이길 수 있던 거죠? 일부러 봐준 거죠?"

대답이 없는 양억을 대신해 장삼종이 자답해 말했다.

"처음에는 산신인 줄 알았어요. 주먹을 휙 하니까 땅이 퍽! 꺼지고, 발을 쿵 구르니까 산이 부르르 떨고, 나뭇잎이 춤을 주고 말이에요. 창피하지만…… 그래서 바지에 아주 조금 오줌을 지리기도 했어요."

장삼종이 수줍은 얼굴로 말했다. 창피한 일이지만 어째서인지 양억에게는 모든 걸 다 말해도 괜찮을 것만 같았다.

"그런데 왜 도망치지 않았느냐."

"그러려고도 했는데요. 이상하게 발이 떨어지지 않아서요. 막 가슴이 두근두근하는 거예요. 아버지는 제가 겁이 없고 멍청해서 그런다는데, 나는 그 말 믿지 않아요. 나는 멍청하지 않고, 또 겁도 많으니까요."

양억은 빙긋 웃으며 말하고는 장삼종을 쳐다보며 뒷머리를 긁적였다.

어찌 대해야 좋을까.

자신을 숨김없이 맞부딪쳐 오는 장삼종을 보자니 오히려 대하기가 껄끄러웠다.

무슨 말을 해도 믿을 것 같은 눈과, 무슨 말을 해도 다 들어 줄 것 같은 표정이 버거웠다.

"자신을 깎아 내리는 것은 옳지 않은 일이다."

"헤헤. 그런 것 아니에요. 제가 말을 잘못해서 그런데…… 그러니까, 그런 말인 거예요. 호랑이를 만났다면 도망쳤을 거예요. 하지만 호랑이와 용이 싸운다면 도망치겠어요? 싸움구경만큼 진귀한 것도 없잖아요. 아니, 그러니까. 아저씨랑 거지 할배가 싸운 게 재미있어서 구경한 것이란 말은 또 아니고요. 뭐지? 그 말이 그러니까……."

횡설수설 장삼종은 한참을 혼자 떠들었다.

북 치고 장구 치고, 혼자 말하고 혼자 답하며, 사랑에 빠진 아이처럼 말에 줏대를 세우지 못하고 휘청거렸다.

"매혹됐다 하는 거지. 가슴이 뛰면서 피가 끓어 오르고. 경외감을 느끼는 그런 것 말이야."

히죽.

어느새 다가선 장춘삼이 장삼종의 목에 팔을 걸어 말했다.

"아! 맞아요. 그거…… 경외! 딱 맞아요. 그 말이에요."

장삼종이 호들갑을 떨며 말했다.

그는 목에 걸린 장춘삼의 팔을 냉큼 풀어 털고는 양억을 향해 한 걸음 더 다가섰다.

"진짜, 진짜, 진짜! 멋있었어요."

양억은 별무리처럼 빛나는 아이의 눈빛에 덜컥 가슴이 내려앉았다.

선망이다.

오래전 기억에 남아 있는 눈빛이다.

"꼴깍!"

양억은 마른 침을 삼켜 고개를 돌렸다.

가슴이 뛰었다.

옛 기억에 뒤섞인 감정들이 봇물 터지듯 쏟아져 나와 가슴을 때렸다.

추억과 기쁨, 그런 둘을 송두리째 집어삼킬 만큼 커다란 분노가 부글부글 끓어올랐다.

"아저씨, 괜찮으세요?"

장삼종은 벌겋게 달아오른 양억의 얼굴을 쳐다보며 물었다.

"괜…… 찮다. 나는 이만…… 가 보아야겠다."

"아저씨?"

양억은 장삼종과 거지들을 두고 뛰었다.

쾅!

크게 구른 발소리가 천둥처럼 산을 울렸다. 그 소리에 놀란 장춘삼이 황급히 양억을 향해 소리쳤다.

"어디를 가는 것인가! 아직 해야 할 말이……!"

"나중에! 다시 찾아 와라! 나는 산에…… 있겠다."

장춘삼은 산을 울리는 양억의 목소리에 부르르 몸을 떨었다. 다를 것 없는 말이었으나, 그 말에 실린 짙은 살기가 몸을 짓눌렀다.

'대체 또 무엇이 그의 마음을 흔든 것인가.'

장춘삼은 장삼종과 떠나간 양억을 번갈아 쳐다보고는 휘휘 고개를 털었다. 알 수 없는, 너무도 알기 힘든 사람이다.

\* \* \*

쿵!

양억은 심장 소리에 귀를 틀어막았다. 빠르고 거칠게 뛰기 시작한 심장은 온몸을 붉게 물들였다. 붉게 변한 몸을 웅크리고 앉으니 거대한 핏덩이가 된 것 같았다.

"으와아아악!"

양억은 산을 헤집으며 뛰었다.

울부짖는 소리가 산을 가득 울렸다.

들짐승도, 날짐승도, 산짐승도 양억의 울부짖음에 몸을 감춰 숨었다.

날뛰는 양억만을 놓아둔 채, 산은 깊은 침묵에 빠졌다.

\* \* \*

"누가 미친놈을 산에 풀어 두었구나."

홍개가 감은 눈을 떠 말했다. 복잡한 머릿속이 얼굴 밖으로 그대로 흘러나와 얼굴에 진 주름을 깊게 만들었다.

"일어나셨습니까. 어르신!"

초조하게 기다리던 거지들이 오체투지했다. 몇몇은 눈물을 보이며 깨어난 홍개의 모습을 보았다.

"호들갑을 떠는군, 쯧!"

그러한 거지들의 모습에 홍개가 얼굴을 붉히며 말했다.

자신의 발밑에 오체투지한 거지들을 보자니 가슴이 뭉클하면서도, 메말라 초라해진 모습에 창피한 마음이 들었다.

변명할 것은 많지만 졌다.

어찌 되었건 간에 진 것이다. 개방의 전 방주가 무공으로 밀려 버렸으니 방도들에게 체면이 서지 않는 것은 당연한 일인지도 모른다.

"사천에 가셨던 일은 잘 마무리되었습니까?"

길게 이어지는 침묵에 장춘삼이 몸을 일으켜 물었다.

"당가는 그를 귀빈으로 인정했다."

"그가 사천당문의 객이 되었다는 말씀이십니까?"

장춘삼이 놀라 물었다.

현 무림에서 가장 폐쇄적인 집단이 바로 사천당문이다.

사람을 가려 만나는 것으로 유명한 그들이 외지인을 객으로 들인다?

그것은 듣고도 믿기 힘든 말이다. 사천당문의 역사를 통틀어도 손에 꼽힐 만한 일이기 때문이다.

"그는 기묘한 인물이 되었다. 밖으로는 북해를, 안으로는 사천당문을 품었다."

"한 무리를 더 추가해야 옳습니다. 그의 추종자가 된 적철량도 있지 않습니까."

"아아, 그렇지. 그러면 새외를 비롯하여 정사를 아우르는 세력을 가진 존재가 된 셈이로군. 마도의 무리만 끼면 그 세력이 무림 전체에 퍼져 있다고 해도 되겠군. 그리 된다 해도 그대들은 그저 구색쯤이라고 여기겠지만 말이야."

홍개가 농과 빈정을 섞어 말했다.

장로와 방도들에게 일개 무명소졸인 양억의 위세를 이번 기회에 확고히 인식시키려 함이었다.

"그는 앞으로 어찌 되는 것입니까."

"그에게는 복수 외에 다른 것이 없어. 선택지도 없고, 선택 할 것도 없으며, 생각 할 것도 없지."

"그의 복수가 우리에게 도움이 됩니까."

장로 하나가 결연한 표정으로 나서 물었다.

"확신해. 도움이 될 거야. 난세에는 미쳐 날뛰는 말에 올라타는 일도 있는 게야. 말을 길들이면 더없이 좋고, 말을 길들이지 못하더라도 미친 말 등에 올라 활로를 찾을 수 있다면 그 역시 좋은 일. 나는 망설일 것이 없다고 생각한다. 북해가 그러했던 것처럼, 사천이 그러했던 것처럼 말이다."

"말씀 따르겠습니다."

홍개의 말에 장로들이 일제히 부복해 말했다. 그들은 한명의 반대도 없이 모두가 입을 맞춘 듯 꼭 같은 말을 쏟아내고 있었다.

"어?"

그 모습에 도리어 홍개가 놀라 물었다. 한 번도 생각지 못한 일이 눈앞에 펼쳐진 게다.

"무슨 일이 있던 것이냐?"

장로들은 홍개의 물음에 말없이 준비해 온 타구봉을 꺼내어 건넸다.

"그건……."

"결과가 났습니다."

"아!"

홍개는 그제야 이 상황을 이해할 수 있었다. 하늘에 맡긴 개방의 도가 선 게다.

"개방의 뜻은 그를 품는 것. 방주께서는 다시금 개방의 뜻을 받들어 주십시오."

"받들어 주십시오!"

홍개는 부복해 외치는 거지들을 쳐다보며 깊게 한숨을 내쉬었다.

겉과 속이 너무도 다르게 움직였다. 가슴은 뛰고 흥분

이 되는데, 얼굴과 표정만큼은 정반대로 흘러나왔다.

"참, 쉴 틈을 주지 않는구나."

탄식처럼 내뱉은 말과 반대로 하늘을 올려다보는 홍개의 얼굴에 기쁨에 찬 웃음이 걸렸다.

\* \* \*

콰득!

양억의 손에 쥐어진 돌멩이가 가루가 되어 흩어졌다. 양억은 손아귀로 쏟아져 내리는 모래 가루를 쳐다보며 깊게 숨을 내쉬었다.

그가 선 땅은 폐허가 되어 있었다.

땅이 헤집어지고 눈앞에 비치는 모든 것들이 가루가 되어 사라졌다.

풀 한 포기, 나무 한 그루 남지 않았다.

"태풍이 훑고 지나간 듯하군."

"일어나도 되는 것이오?"

"되니 나왔지."

홍개가 양억 앞으로 다가가며 말했다. 그는 잠시 주위를 둘러보고는 폐허가 된 자리 위로 거리낌 없이 앉았다.

"뭐 때문에 이리 화가 났지?"

"모르겠소."

"몰라?"

양억의 말에 홍개의 눈이 가늘어졌다.

"후우."

양억은 그런 홍개의 눈빛에 깊게 한숨을 내쉬었다.

"아이의 얼굴에서 옛 기억을 보았소."

"뭐가 그리 추상적이냐. 똑바로 말해야 알아듣지."

"당신들이 데려가려는 아이가! 나를 선망에 찬 눈으로 봤단 말이오. 이전의 그때처럼, 그날처럼."

홍개는 거칠어지는 양억의 목소리에 움찔했다. 양억이 훅하고 내뱉는 숨에 바람이 일 정도로 호흡이 거칠어져 있었다.

'미친 황소가 따로 없군.'

홍개는 휘휘 고개를 저어 양억을 보았다.

"그게 화가 날 일이란 말이냐?"

"생각이라는 것이 그런 것 아니오. 내 속에서는 아직도 분노가 들끓고 있소. 억눌렀다 말하지만 사실 그것이 아니오."

"억누른 것이 아니라면 무엇이란 말인가."

"그저 익숙해진 것이오. 끝없는 분노에."

양억이 허탈하게 웃으며 말했다. 참는 것도, 억누른 것도 아니다. 그저 익숙해진 것이다. 살의에, 분노에 익숙해진 것, 그것이 진실이다.

"익숙해진 것이라…… 모르겠군. 나는 그것이 무엇이 다른지 모르겠어."

"나도 설명할 길 없소. 하고 싶은 마음도 없고."

"하면 이렇게 미친 짓을 하며 살 거란 말인가? 앞으로도 쭉?"

"내게 남아 있는 것은 놈들을 죽이는 일뿐이오. 그 뒤는 없소. 하지만, 그래도 다른 사람들에게 피해를 주지 않기 위해 숨는 거요. 숨어 있는 거요."

"그렇군."

양억의 말에 홍개가 고개를 끄덕여 말했다.

"하지만 앞으로는 그리 되지 않을 거야. 사람들 앞에 나서는 일도 잦아지겠지."

"알고 있소."

"참을 수 있겠나. 미쳐 날뛰지 않을 자신이 있어?"

양억은 자신을 보는 홍개의 눈빛에서 이전과 다른 무언가를 느꼈다. 그의 작은 몸뚱이에서 미미하지만 살기가 흘러나오고 있었다.

"그대는 나를 죽일 수 없소."

"알아. 멀쩡할 때도 상대가 되지 않았으니, 넝마가 다

된 지금은 어쩔 도리가 없겠지. 하지만 의기가 있는 거야."

"어떤 의기 말이오."

"끌끌끌! 미친놈은 안 돼. 복수심에 차서 미친놈은 재앙이 될 뿐이야. 네가 어찌 태어나 어찌 자랐건 지금 무림에 뿌리를 내리게 만든 것은 나. 네놈이 세상에 나가 지랄 발광을 떠는 꼴은 못 봐. 차라리 지금 죽어 안 보는 게 낫지."

웃으며 말하고 있지만 양억은 홍개의 말이 진심임을 느꼈다.

"지금처럼 산을 헤집을지언정 사람들을 헤집는 일은 없을 거요. 다 타버린 심장이지만, 죽어도 죽지 않을 몸뚱이지만, 그리된다면 내 손으로 부수겠소."

"참말이냐?"

"내 복수에 걸고 맹세하오."

홍개는 똑바로 이야기하는 양억을 보았다. 애초에 다시 물을 것도 없는 말이었다. 그는 거짓을 말하지 않고, 실언을 하지 않는다는 것을 잘 알고 있었기 때문이다.

"오늘부로 개방은 그대를 형제로 여기기로 했다."

"형제?"

"그래, 네놈이 개방에 들어오지 않을 테니까 말이야.

개방이라는 껍데기 걸칠 필요 없이 형제가 되자 이거다. 내가 형 할게. 왜, 다 늙은 형이 생기는 것이 싫으냐?"

양억은 두 팔을 걷어 붙여 말하는 홍개를 보았다.

"싫다고 하면 그 손으로 때리기라도 할 참이오?"

"당연하지! 사천도 받아 주고 북해도 받아 주었는데 네 놈 위해 피똥 싼 개방을, 아니, 나를 거절한다면 참을 수 있을까. 쳐 죽여야지! 설마 그러겠다는 것은 아니겠지?"

피식!

양억은 웃음이 터져 버렸다. 흥분해 소리치는 홍개의 모습에, 상스럽지만 정이 넘치는 그의 말에 저도 모르게 웃어 버렸다.

"앞으로 잘 부탁합니다. 형님."

대뜸 양억이 홍개를 향해 절을 올리며 말했다.

"어? 아, 뭐 그래. 하하. 허허. 허······."

홍개는 그런 양억의 행동에 놀라 멍하니 섰다.

절을 받는 것인지도 모를 순간이 그렇게 지나고 있었다.

第四章

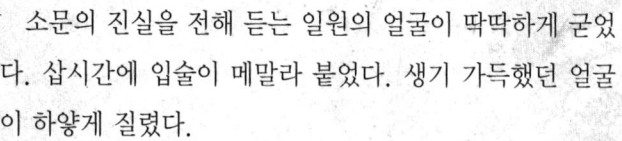

 소문의 진실을 전해 듣는 일원의 얼굴이 딱딱하게 굳었다. 삽시간에 입술이 메말라 붙었다. 생기 가득했던 얼굴이 하얗게 질렸다.
 "그가…… 분명 양억이라 하였더냐?"
 "본명이 확실합니다. 출신은 불확실하나 본인의 입으로 꺼낸 이름은 분명……."
 "됐다. 돌아가 보아라."
 "예?"
 "그만 됐으니 돌아가 보라 하였다!"
 일원의 호통에 수하 만악불이 포권하고 자리를 떠났다.

문주실을 나서는 그는 떨떠름한 얼굴로 자신이 무엇을 실수하였는가 한참 되짚어 보기 시작했다.


"양억이라……."

일원은 의자로 깊게 몸을 묻었다. 생각을 되뇌는 얼굴의 주름이 깊어졌다. 듣는 것만으로 가슴이 찌르는 듯 따갑고 날카로운 이름이다.

잊고자 무수히 노력했지만, 단 하루도 잊지 못한 이름.

일원은 턱을 괴고 앉아 마른 입술을 핥았다.

누가 그 이름을 파는가…….

생각이 깊어졌다. 만악불에게 전해들은 양억은 기억 속 양억이 아니었다. 거대한 덩치는 물론이요, 일신에 이룬 무공의 경지 역시 마찬가지다. 양억이 아니다. 하나도 닮은 구석이 없다.

'하면 누군가 그의 이름을 사칭해 팔고 있다는 것인데.'

일원은 입술을 깨물었다.

생각을 할수록 머릿속이 복잡해져 갔다. 먼저 누가 그의 이름을 사칭하는가에 대한 문제부터, 왜 이 시점에 와서 그 이름을 들고 나왔는가까지. 일원은 잔뜩 주름진 얼굴로 의자에 몸을 눕듯 묻었다.

'그만한 고수가 갑자기 튀어 나왔을 리 없다.'

일원은 양억이라 주장하는 누군가를 떠올리며 이마를 짚었다.

"재상을 찾아가 보아야 하는가."

나지막이 중얼거렸다.

포경청이 재상의 자리에 오른 뒤 가장 먼저 포섭한 이들, 황제의 직속 정보기관인 동창에 생각이 이르렀기 때문이다.

"후우."

한숨을 내쉬는 일원의 얼굴에 근심이 가득 쌓였다.

\*       \*       \*

구름 한 점 없이 맑은 어느 날, 천조비는 모처에 앉아 귀빈을 만났다.

"오래간만입니다."

마주선 양억의 모습에 천조비가 어색히 웃었다. 그것은 양억 역시 마찬가지였다. 둘은 어색한 웃음을 흘리고 앉아 부쩍 달라진 서로를 보았다.

"신수가 좋아졌구나."

"스님께서는 얼굴이 어두워 지셨습니다."

서로 다른 인사를 주고받는 둘의 얼굴의 웃음과 반대로 긴 침묵이 흘렀다.

 무엇부터 말해야 좋을까.

 둘은 서로를 보며 생각했다.

 "염왕천을 멸문시켰다는 소식을 들었습니다."

 "아, 그리 하였지."

 "그리고 그 안에 얽힌 이야기들도 들었습니다."

 "개방에서 말해 주더냐?"

 천조비가 고개를 끄덕여 답했다.

 "들은 대로 말하여 보아라."

 "거두절미하고 이야기 하면, 개방이 스님의 행보에 많은 관여를 하였고 스님께서는 그러한 관여에 따랐다 들었습니다."

 "개방에서는 많은 정보를 주었다. 알 수 없던 것들을 찾게 도와주었지. 사천에서의 소식은 들었느냐."

 "조금은."

 "이야기를 듣는 것이 쉽지는 않았던 모양이구나."

 "뭐 그렇지요. 하하."

 천조비가 넉살좋게 웃으며 말했다.

 "앞으로는 있는 그대로를 듣게 될 게다."

 "있는 그대로를요?"

"내 이야기를 전해 듣는 것과 개방이 아는 정보에 대해 듣는 것에 어려움이 없을 것이라는 이야기다."

"예? 아니, 왜…… 아! 설마?"

양억의 대답에 말을 우물거리던 천조비의 눈이 커졌다.

'설마.'

천조비는 화등잔만 해진 눈을 껌벅이며 양억에게 물었다.

"개방도가 되신 것입니까?"

"아니다."

"그럼 어찌 그런 것들을 얻어 내셨습니까? 개방도가 스님께 호의적이라 하더라도 그만한 일은……."

"형제가 되었다."

"예?"

"형제가 되었다 말했다."

천조비는 차분히 말하는 양억을 쳐다보며 쩍하고 벌어진 입을 다물지 못했다.

"대, 대체 누구와 형제가 되었다 말하는 것입니까. 개방과요?"

"정확하게는 개방의 방주인 홍개 형님과 의형제를 맺었다."

"개, 개방 방주와요?"

양억은 대꾸 없이 고개를 끄덕였다.

"스, 스님 그건……."

"이미 계율을 파한 나다. 부처의 뜻은 이미 돌려 드렸다. 복수에 잡혀 환속한 지금 속세의 연이 대수로울까."

"그, 그건 그렇지만……."

천조비는 무어라 말이 튀어나오지 않았다. 가슴이 꽉 막힌 듯했다.

개방의 방주 홍개와 의형제를 맺었다?

그것만 놓고 보면 나쁜 일이 아니다. 하지만 반대로 생각해 보면 자유로운 길을 잃은 것이기도 하다.

"속세로 나오니 홀로 살 수가 없다는 것을 알았다. 절에 있을 때도 마찬가지. 인연이라는 것은 자를 수 없는 것임을 이제야 알았다."

"후…… 저는 이목회를 키우고 있었습니다."

"알고 있다."

"개방만큼 키울 자신도 있습니다."

"그렇겠지."

"하지만……."

천조비는 웃음 짓는 양억을 쳐다보며 말을 삼켰다. 무언가 아쉬운 기분이 들었다. 독점하고 있는 보물을 빼앗긴 듯한 기분.

천조비는 고개를 저어 털고는 흘러내린 머리를 쓸어 올렸다.

"그럼 앞으로는 어찌하실 생각이십니까?"

"일원에 대한 단서를 찾았다."

"일원이라면……."

"삼 인의 흉수 중 하나. 심장을 씹어 삼켜도 분이 풀리지 않을 놈의 꼬리를 잡은 게다."

\* \* \*

천조비와 양억의 이야기는 길게 이어졌다. 장춘삼과 홍개는 그런 둘의 이야기가 몹시 궁금했으나 끼어들지 않았다.

"형제가 되었어도 지켜야 할 게 있는 거야."

홍개가 옆구리를 찌르는 장춘삼을 향해 말했다. 묻고 싶은 말이 많은 장춘삼이었으나, 홍개의 말에 고개를 끄덕여 수긍했다. 존중해 줄 것은 해 주어야 존중 받는 것임을 잘 알고 있었기 때문이다.

그 때였다.

기익 하는 소리와 함께 굳게 닫혔던 방문이 열렸다.

"대화는 잘 나누었소?"

장춘삼이 방을 나서는 둘을 향해 물었다.
 직설적인 말에 홍개가 장춘삼의 어깨를 때려 주의를 주었다.
 "어찌 기다리고 계셨습니까."
 "그게 뭐…… 그러니까, 그게…….."
 양억의 말에 장춘삼이 대답지 못하고 말을 늘였다. 눈치를 주는 홍개의 모습에 굳어 버린 머리가 마땅한 변명거리를 찾지 못한 게다.
 "나눈 이야기가 궁금하셨습니까?"
 장춘삼이 말을 헤매는 사이 천조비가 나서 물었다.
 "아, 아니, 뭐, 꼭 그런 것은 아닌데……."
 "스님께서 이야기를 해 주셨습니다. 개방과 형제가 되었다 말씀해 주셨지요."
 "흠! 그렇지. 형제가 되었지. 형제!"
 장춘삼이 가슴을 쳐 말했다. 천조비는 호방하게 외치는 장춘삼을 쳐다보며 웃었다.
 "허니, 앞으로 궁금하신 것이 있다면 편히 물으십시오. 가족에게 말을 감출 것이 있겠습니까."
 "그, 그렇지. 가족에게 숨길 말이란 없는 법이지."
 "예, 그러니 저도 앞으로 많이 여쭙겠습니다."
 "어? 말이 그렇게 되나. 하하하하하!"

웃었다.

감추지 않고 드러낸 흑심에, 그리고 하나라는 묶음에 넷은 웃음으로 마음을 엮어 가고 있었다.

\* \* \*

거지 판.

양억은 사방에 늘어서 있는 거지 떼를 쳐다보며 뒷머리를 긁적였다.

의형제를 소개해야 한다며 홍개의 손에 끌려 나온 자리였다.

"무슨 말을 하란 말이오?"

양억이 멀뚱하게 서 물었다.

그는 기대에 찬 눈으로 자신을 보는 거지 떼를 쳐다보며 난처해했다. 무슨 말을 해야 할지, 그들이 무엇을 기대하는지 알 수가 없었기 때문이다.

"저, 정말 염왕천기를 한주먹에 때려 죽였소?"

우두커니 선 양억을 향해 거지 하나가 물었다. 그러자 거지들이 파도처럼 양억을 향해 몰려들었다. 그들이 벌 떼처럼 한소리를 내어 말했다.

"정말 죽였소?"

"말해도 되오?"

양억이 웃고 선 홍개를 향해 물었다.

홍개는 "감출 것이 있는가."라는 말로 대답을 대신했다. 양억은 그 말에 고개를 끄덕이고는 거지 떼를 향해 입을 떼었다.

"사실이오."

"오!"

짧은 말에 긴 호응이 붙었다.

불씨를 당긴 듯, 사방에서 질문이 쏟아져 나왔다.

거지들은 염왕천에 대해, 양억에 대해 수많은 말들을 물었다. 양억은 그런 거지들의 물음에 가감 없이 이야기해 주었다.

쏟아지는 질문 속에 이야기는 꽃을 피웠고 양억의 존재는 쏟아지는 질문만큼 개방에 뿌리내려 가고 있었다.

\* \* \*

밤은 빠르게 찾아왔다.

양억을 위한 잔치가 열렸으나, 양억은 자리에 없었다. 홍개와 장춘삼, 천조비 역시 자리에 보이지 않았다.

모든 거지들이 흥청망청 마시고 들떠 춤을 추는 동안, 그네들은 모처에 모여 앉아 앞일에 대하여 이야기를 나누기 시작했다.

"먼저 일원으로 추측되는 이가 정확히 누구입니까."

"일월각이다."

"일월각이요?"

장춘삼의 말에 천조비가 고개를 갸웃거렸다.

"일월각이라 하면 일찍이 존재하던 문파가 아닙니까. 염왕천보다도 더 문파의 역사가 깊은 곳으로 알고 있는데요? 설마 관원으로……."

"아니, 그런 것이 아니다."

홍개가 말했다. 그는 자못 진지한 얼굴로 모여 앉은 이들을 훑어보았다. 그러고는 여인내의 옷고름을 끌러 내듯 조심스럽게 말을 꺼냈다.

"사파의 재미있는 점이 무엇인 줄 아느냐."

"주위 시선에 아랑곳하지 않는 다는 것이 아닐까요."

"물론 그것도 재미있는 점이지. 하지만, 그러한 것보다 재미있는 것은 문파 수장의 계승에 관한 것이야."

"계승이요?"

"정파들은 후계자를 키워 올려. 대부분이 그렇지. 하지만 사파들은 달라."

"어떤 것이 말이오?"

양억이 물었다.

"단순하지만 매력적인 방법으로 수장을 뽑지."

"설마······."

"그래, 놈들은 저마다 다르긴 하지만 힘 앞에서만큼은 한 색을 띠지. 강한 놈이 수장이 되는 거야. 강한 놈이 왕이 되는 법이라고."

"하지만 그것은 정파도 마찬가지가 아닙니까. 키운다는 말이 그렇지 않습니까. 후계자로 강하게 길러지는 것이지 않습니까. 싸움이 있다 할지라도 사파 역시 현 수장이 다음 대의 수장을 직접 키워 낼 수도 있을 텐데요."

"좋은 지적이군. 이제 무림인이 다 되었어."

홍개가 웃으며 말했다.

"하지만 하나 생각을 못 했어."

"무엇을 말입니까."

"그네들은 힘만 있으면 누구든 가입할 수 있다는 것을 간과했어."

"아!"

놀라는 천조비의 모습에 홍개가 빙긋 웃었다.

"일월각의 수뇌들은 몇 년 전에 모두 교체되었어. 난입해 들어온 이들이 장악했지. 내홍이었기에 밖으로는 조금도 이야기가 새어 나가지 않았고."

"어찌 그럴 수가 있지요? 아무리 힘이 지배한다고 하나 외부에서 들어온 세력이 기존 수뇌들을 몰아내고 문파를 탈취할 수가……."

"있다. 그네들은 한통속이니까."

장춘삼이 천조비의 말을 잘랐다. 그러고는 몇 장의 서찰을 탁자 위로 쏟아 놓았다.

"이것이 무엇입니까."

"개방이 모은 일월각의 정보들이다."

촤륵!

장춘삼의 말에 천조비가 빠르게 서찰들을 훑어보았다. 손에 쥐어진 서찰이 빠르게 넘어갔다. 제대로 읽는 것인지 의심스러울 만큼 빠른 속도였다.

"애초에 치밀하게 준비를 해 온 것이군요. 탈취라기보다…… 문파를 팔았어."

천조비가 허탈하게 웃었다. 그의 손에 쥐어진 마지막 서찰이 산뜩 구겨져 던져지듯 바닥에 떨어셨다.

"어떻게 이럴 수가 있는 것이죠? 무림인들은 명예를 우선하는 것 아닙니까?"

"정사가 왜 나눠져 있다 생각해? 무림인도 이해타산에 따라 움직이는 이들이야. 나는 가끔 이해되질 않아. 사람들이 왜 무림인들을 일반인과 따로 떼어 놓고 생각할까 말이야. 그네들도 우리들도 똑같아. 다만 다른 게 있다면 자존심이 세다는 것뿐이지. 하지만 그것도 필요에 따라 접을 수 있는 거야. 절대적이지 않지."

"그렇…… 군요."

천조비가 고개를 숙여 말했다. 홍개의 말을 납득한 게다.

"사실 우리도 특정해 찾아보지 않았다면 몰랐을 일이야. 일반적인 일은 아니니까. 모두가 생각도 못했지."

"하지만 이것으로 일월각이 일원이라고 확정할 수는 없지 않습니까? 새로운 세력이 일월각을 탈취하였다는 것만이 확실한 사실일 뿐…… 나머지는 가정이 붙은 것인데……."

"새로운 세력이라 할지라도 여름날 잡초 돋듯 돋아나지 않는 법이야. 의심을 할 수밖에 없잖아. 놈들은 꼬리가 없고 그림자가 없으니까. 염왕천을 의심할 때는 그렇지 않았는가. 너무 깨끗하기에 의심스러운 것이야."

"그것도 그렇군요. 그래도 확실한 것이 좋지 않을까요. 사파는 이미 일익(一翼)을 잃었습니다. 다시금 움직임이 있다면 지금처럼 조용하지만은 않을 텐데요."

"그건 그렇지."

천조비의 말에 홍개와 장춘삼이 침묵에 빠져들었다. 염왕천 때와는 일이 다르다.

"그들 역시 스님을 쫓고 있을 것입니다. 어찌 되었건 간에 사파의 우두머리들이 아닙니까. 외부의 적은 내부를 강하게 결속시키는 힘이 있습니다. 염왕천 하나는 개인이었을지 모르나 일월각까지 두드리게 되면 사파에 대한 공격으로 이해하게 될 테니까요. 하나로 뭉칠 겁니다."

틀린 이야기가 아니다.

자리에 앉은 모두들의 생각은 같았다.

천조비의 말대로 흘러갈 것임을 그들 역시 예상하고 있었다.

"하지만 하오문은 이미 엮였어. 그들의 눈귀를 가릴 수 있게 되었단 말이지."

"하오문을 얼마나 믿으십니까? 엮였다 하여도 손익을 생각해 보고 움직일 수 있는 것이 그들이 아닙니까. 오히려 더 위험한 시점이 아닐까 생각합니다. 그네들은 정보를 가지고 있고, 추론할 머리도 있습니다. 스님께서 어떻게 빠르게 움직여 자신들을 엮었을까 답을 내는 데 일다경도 걸리지 않겠지요."

"하아……."

장춘삼의 입에서 장탄식이 흘러나왔다.

하오문을 엮은 일을 신수라 생각하였는데 돌아보니 악수가 아닌가.

 "나만 이해를 못 하는 건가?"

 잠자코 이야기를 듣던 양억이 뒷머리를 긁적여 말했다. 그는 심각하게 앉아 이야기하는 그네들이 이해가 가지 않았다.

 "그냥 가서 때려 부수면 되는 것 아니오?"

 얼굴을 구겨 물었다.

 "아우. 그런 건 안 돼."

 "왜 말입니까."

 "이야기 했잖은가. 염왕천 때와는 달라졌어. 우리는 그네들을 살펴야 하고 싸움이 번지지 않게 조심하면서……."

 "그러니 왜 그래야 하느냐 묻는 겁니다."

 "뭐?"

 양억은 눈을 껌뻑이는 홍개를 쳐다보며 장시간 앉아 굳은 몸을 풀었다.

 "제가 개방도 입니까?"

 "응? 그야…… 아니지."

 "그럼 제가 정파인입니까?"

 "그것도…… 아니지."

"그럼 달라진 것이 있습니까? 왜 부수면 안 되는지 모르겠습니다."

양억이 답답한 얼굴로 말했다.

그는 이해가 가지 않았다. 이 많은 이야기들이, 다른 셋이 머리를 싸매고 심각해 하고 있는 상황이 조금도 납득이 가지 않았다.

"말하였듯이 그네들을 공격하는 것은 사파 전체를 공격하는 것과 같아질 수도 있어. 자칫 잘못했다가는 정사대전이 다시 벌어질지 몰라."

"어째서 말입니까."

"아우에 대해 그들이 알게 된다면 더불어 우리 개방이 돕는 것을 알게 된다면……."

"선을 그으면 될 일입니다. 그렇기 위해 개방도가 아니라 동생이 된 것이 아닙니까."

"그것은 그런데……."

직설적인 양억의 말에 홍개는 무어라 대답지 못했다.

지금까지 충분히 이해할 수 있도록 설명을 해 왔다. 그럼에도 불구하고 이해가 가지 않는다 말하는 이유는 하나, 입장 차이가 있기 때문인 것이다.

"차라리 말입니다. 당당히 나서는 것은 어떨까요?"

"무슨 말이냐?"

천조비의 말에 홍개가 기민하게 반응했다. 천조비의 얼굴에서 무언가 현 상황의 타계법이 나왔음을 느낀 게다.

"왜 오래전에 협객소설로 읽은 적이 있습니다. 한때 무림에 유명했던 권사의 이야기인데, 힘을 과시하고 스스로의 단련을 시험하기 위해 등에 커다란 깃을 지고 전 무림을 돌며 비무를 청했다는 권사 말입니다."

"전광권 금학도를 말하는 모양이군."

"아, 맞습니다. 그런 별호와 이름이었지요. 여하튼 간에 그 금학도가 하였던 것처럼, 등에 저들의 업을 지고 차라리 정면으로 맞서는 것은 어떻겠습니까."

"무슨 소리를…… 아우에게 등에 저들의 패악을 적어 나서란 말이냐. 적들 한가운데로!"

홍개가 목소리로 소리쳤다. 잔뜩 찌푸려진 얼굴이 그의 짜증 섞인 마음을 대신 말해 주고 있었다.

"말도 안 되는 소리야! 사람을 사지로 모는 일이다. 그리 되면 싸워야 할 적이 일월각만이 아니게 된다. 일월각과 연결된 재상, 더불어 다른 사파들까지. 이 친구를 표적으로 삼아 무엇을 얻을 수 있는가? 정사대전이라도 불러올 참인가?"

장춘삼 역시 흥분해 소리쳤다. 그는 천조비의 말이 조금도 이해되지 않았다.

빤히 보이는 일이다.

조금만 생각해 보면 금세 답이 나올 문제다. 헌데, 그것을 밀어붙이려 하고 있는 게다.

"쓰러트려야 할 사람들이고, 정사대전 역시 일어날 싸움이 아닙니까. 무서워 피할 것 없지요."

"너무 쉽게 보는 군! 이 친구를 사지로 몰아서 뭘 어떻게……."

"좋은 생각을 하였구나."

양억이 흥분해 소리치는 장춘삼의 말을 막아 말했다.

"좋은 생각이라니. 죽으려는 겐가? 미친 짓이야."

"하지만 그 외에 어떤 방법이 있소? 몸을 사릴 이유가 없소. 개방에 피해가 가는 것을 걱정해 하는 것이라면 선을 그어 두면 되오. 모든 일이 마무리 되거든, 그때 다시 보면 되는 일 아니오."

"이보게 아우!"

홍개가 버럭 소리쳤다. 천조비의 말도 그렇고, 양억의 맞장구도 그렇다. 너무히는 치사다 싶었다.

"형님, 서운하게 듣지 마십시오. 화가 나서 하는 말이 아닙니다. 하려는 일을 하려는 것입니다. 그것이 형님에게 피해가 된다면 언제고 모른 척하셔도 됩니다."

"그런 말이 어디 있는가!?"

진지한 양억의 말에 홍개는 당황했다. 장춘삼 역시 마찬가지였다.

"문파를 위해 아우를 저버리란 소리를 하는 것인가!"

"그러한 말이 아닙니다."

"아니면 뭐야! 우리가 이 자리에 무엇을 위해 앉아 있는지 잊은 것인가? 함께 강구하기 위해 앉은 것이야. 그렇게 도마뱀 꼬리 자르듯 잘라 내고자 해서 앉아 있는 것이 아니란 말이다!"

홍개가 벌겋게 달아 오른 얼굴로 소리쳤다. 그의 작은 몸이 분노로 부르르 떨려왔다.

"없는 길을 찾을 수는 없는 것입니다. 솔직히 말씀드리면 이 자리는 방주님께서 홀로 정할 수 있는 자리가 아닙니다."

"뭣이?"

"스님의 일은 스님이 정하실 수 있습니다. 개방의 일도 방주님께서 정하실 수 있겠지요. 하지만 정파의 일은 어떻습니까?"

"정파의⋯⋯ 일?"

천조비의 말에 홍개의 얼굴이 찌푸려졌다. 그가 하려는 말이 짐작이 갔다.

"앞으로 단독으로 처리할 수 있는 일이 개방에는 없습

니다. 지금과 같이 정보를 전달해 주는 것도 힘들어 질 테지요. 저는 저들의 눈과 귀가 하오문에 머물러 있을 것이라 생각하지 않습니다."

"그게 무슨 소리냐? 하오문에 머물러 있지 않다니."

장춘삼이 놀라 물었다. 이와 같은 말을 이유 없이 꺼낼 천조비가 아님을 알았기 때문이다.

"판을 넓게 보라는 말씀에 매일같이 잠에 들어서도 일어나서도 생각했습니다. 무림의 중추가 된 일원, 황궁에 든 포경청, 그런 황궁의 그림자로 숨어든 곽철까지. 이 셋이 하나라면 그들이 할 수 있는 것이 무엇일까…… 세력은 얼마나 될까?"

"잡설은 두고 본론만 말하여 보아라."

답을 재촉하는 장춘삼의 말에 천조비가 고개를 끄덕여 말했다.

"무림에 하오문과 개방이 있다면 황궁에는 군사 조직 외에 다른 특이한 기관이 하나 더 있다 알고 있습니다."

"황궁에? 아!"

"깨달으신 모양이군요. 예, 황궁에는 동창이 있습니다."

"허!"

천조비의 말을 듣는 홍개와 장춘삼의 얼굴이 딱딱하게

굳었다.

동창.

황궁에는 분명 어둠 속 그림자보다 은밀한 그들이 있다.

"하, 하지만 그들은 황제의 직속 부대다. 재상이라 하여 움직일 수 있는 존재들이 아니야."

"하오나, 현 황제가 누구의 손에 놀아나고 있는지 생각해 보면 그들을 포경청이 굴릴 수 있다는 가정 역시 가능하지 않겠습니까. 새로운 황제의 추대까지 영향력을 미치고 있는 것이 현 재상 포경청입니다."

"끄응……."

천조비의 말에 홍개와 장춘삼의 입에서 앓는 소리가 나왔다. 밑도 끝도 없는 가정이라 하지만 그것이 틀렸다는 생각이 들지 않는다. 오히려 지금까지 그러한 생각을 하지 못한 것이 이상스러울 지경이었다.

"허니, 하오문이 이런저런 생각으로 쉽게 움직이지 못한다 하여도 그들은 다른 눈과 귀로 판을 볼 수도 있는 것입니다. 오늘의 일이 벌써 귀에 들어갔을지도 모르지요."

"그, 그럴 리는 없다. 이곳을 아는 이는 천하에 거지들뿐이고. 거지들은 죽을지언정 개방의 일은 토해 내지 않을 것이다."

"확신하십니까?"

"확신한다!"

장춘삼이 목에 힘을 주어 말했다.

"네 가정이 설령 모두 맞는다 하더라도 개방은 결코 자신을 위해 방을 팔지 않는다."

"저도 그렇다 믿습니다. 그럼에도 물은 것은 앞으로의 일에 대한 조심과 경계를 담고 있어 그렇다고 이해해 주십시오."

천조비가 호통 치는 홍개와 장춘삼을 향해 깍듯이 고개 숙여 말했다.

그렇게 부글부글 화를 끓이던 대화가 잠시 멈췄다. 넷은 서로 다른 생각에 머리를 굴려 보고는 깊게 한숨을 토해 냈다. 가장 먼저 홍개가, 그 뒤를 이어 양억, 장춘삼, 천조비의 한숨이 흘러나왔다.

넷은 앉아 서로를 마주하는 것만으로 힘이 쭉 빠졌다.

무슨 말을 해야 좋을지 몰랐다.

양억은 양억대로, 홍개는 홍개대로 그랬다. 입장 차가 분명한 자리에서, 의형제로 엮인 끈이 강하게 가슴을 졸랐다.

"후우."

홍개의 두 번째 한숨이 자리를 무겁게 내리누를 때, 양억이 굳게 닫힌 입을 떼었다.

"천조비의 말대로 하는 것이 어떻겠습니까. 형님."

"안 돼. 위험에 처할 일이다. 더불어 정사대전의 불씨를 당길지 모르는 일이야. 섣부르게……"

"어차피 터질 일이 아닙니까."

한 발 물러서려는 홍개의 말에 양억이 강하게 말했다.

"저, 쉽게 안 당합니다."

"알아. 하지만 또 모르는 게야. 위험해지면 그때는 어쩌려는 것인가. 혼자 모든 걸 뒤집어쓰고 달려 나갈 수는 없는 거야. 상황이라는 게……"

"먼저 뛰겠다는 겁니다. 나머지는 형님께서 해 주십시오."

"뭐?"

"어차피 저질러질 일입니다. 지금껏 함께하며 보고 들은 것이 적잖습니다. 황궁도 무림도 뒤숭숭하지 않습니까. 언제고 터질 것이라는 사실을 모두가 압니다. 그러니, 형님께서 나서 정파 무리든 무엇이든 규합해 주십시오."

"아우…… 그건……"

"저는 제 할 일을 향해 갑니다. 그들을 잠재우는 것이제 일이고, 그것이 제 천명이며, 그것만이 저를 붙들어 살게 합니다. 그러니 형님, 나머지는 형님이 맡아 주십시오. 제가 하려는 일이 살계를 여는 일이라 할지라도 그것에 의기가 있다면 사람이 따를 수 있다고 한 것은 형님이 아니십니까."

뿌득!

홍개는 양억의 어금니를 꽉 깨물었다. 움켜쥔 주먹이 바르르 떨렸다.

분노 때문이 아니다. 이렇게나 나서려하는 양억을 자신의 이기심으로 자신의 문파의 안위 때문에 막고 있었다는 것이 한심해진 게다.

"미안하다."

홍개가 넙죽 엎드려 말했다.

"왜 그러십니까. 형님 일어나십시오."

"아니, 이대로 두어라. 네 말대로 뛰어 보마. 다음에는 꼭 이 허리를 들고 네 얼굴을, 아우 얼굴을 볼 수 있도록 내 두 발이 부서져리 열심히 뛰겠다. 허니…… 살아라. 꼭! 살아라."

양억은 몸을 숙인 홍개와 그 뒤로 함께 엎드려 흐느끼는 장춘삼을 쳐다보며 뒷머리를 긁적였다.

"이만 가시지요."

천조비가 그런 양억의 어깨를 두드렸다. 이야기가 계획대로 잘 흘러 나갔다.

　　　　　＊　　　＊　　　＊

　홍개와 거지들이 물러간 지, 일주일이 흘렀다.
　양억은 천조비가 준비해 온 옷을 받아 걸쳤다.
　등 뒤로 천벌이라 새겨진 회색 무복은 양억의 몸매에 딱 맞았다.
　"말씀하신 대로 가장 억센 천을 사다가 만들었습니다. 쉬이 닳아빠지지는 않을 것입니다."
　"잘했다."
　양억이 천조비의 말에 고개를 끄덕여 답했다.
　"더 필요한 것은 없으신지요."
　"없다. 이것으로 되었다."
　"하면, 바로 일월각을 향해 나서실 생각이십니까."
　"이전과 같이 분파부터 차근차근 밟아 나갈 것이다."
　"보란 듯이 말이지요?"
　천조비가 생글 웃으며 물었다.
　일찍이 양억이 천조비를 찾아왔을 때다.
　그때 천조비는 양억과 마주 앉아 많은 이야기를 나누

었다. 홍개와 장춘삼에게 말하지 않은 이야기들이 적잖았다. 그 둘이 알면 반대할 많은 것들을 천조비는 둘만의 이야기로 가능케 이끌었다.

"다음에 만날 때는 하나의 산을 넘은 뒤가 될 테지. 말했던 것들을 잘 이끌어 주기 바란다."

"예. 하면, 다음에는 지금보다 더 높은 자리에서."

양억은 포권해 인사하는 천조비를 힐끔 쳐다보고는 묵묵히 길을 나섰다.

일월각.

과거를 지운 일원을 향한 발걸음이었다.

第五章

처음에는 마을 귀퉁이에 작게 붙은 방이었다.

누구 하나 눈길을 주는 이가 없었다. 방에 적힌 현상금이 턱없이 적었기 때문이다.

하지만 그것은 불과 보름 만에 전 객잔과 대로, 사람들이 찾는 모든 곳을 뒤덮었다.

은지 일천 냥!

현상금이 보는 이의 눈을 휘둥그렇게 만들 만큼 어마어마한 액수로 부풀어 올랐기 때문이다.

"서역에서 들어온 미쳐 버린 파계승이래."

"계집질과 살인을 밥 먹듯이 한대. 그래서 잡으려고 방을 붙인 거잖아. 저기 떡 하니 보이잖아 살인자. 극히 위험."

한 사내가 방을 가리켜 말했다.

보름 만에 천하 각지 없는 곳이 없을 만큼 퍼져 나간 방에는 흉악해 보이는 사내의 얼굴과 깨알같이 적힌 죄목이 가득했다.

살인, 강간, 방화라는 굵직한 죄는 물론이오, 존속살해, 불상파괴, 성인모독 등등 온갖 폐륜적인 죄목들로 끝없이 늘어져 있었다.

"그런데 저런 범죄자면 관아에서 잡아 족쳐야 하는 거 아냐? 왜 방시(榜示)가 아니라 개인 방이야?"

"무림의 법도? 뭐 그렇다던데? 무림인이라나 봐. 그래서 자신들이 잡아 죽여 무림의 법도를 세우려는 것이라고 하더라고."

"무림인?"

누군가의 말에 다시금 장내가 소란스러워졌다.

그의 말로 촉발된 이야기는 여기저기서 산발적으로 터져 나왔다. 객잔은 금세 방의 주인공에 대한 이야기로 가득해졌다.

소림에서 무예를 익혔던 파계승이라느니, 서역에서 온

요괴라느니, 수많은 이야기들이 사람들 사이에서 쏟아져 나왔지만 모두 누군가에게서 들은 이야기들뿐, 이렇다 할 답이 나질 않았다.

"저 방에 맞는 것은 반절도 안 돼. 그는 무림인도 뭐도 아니야. 그저 복수귀지."

한참 이야기를 듣고 있던 사내 하나가 말했다.

마을에서 제법 유명한 이야기꾼인 그의 말에 사람들의 눈과 귀가 모였다.

언제고 가장 뜨거운 이야기를 누구보다 빠르게 전하는 이야기꾼이었기 때문이다.

"사람이 그냥 미치겠어? 말을 해도 좋으려나? 이거 워낙 중차대한 일이라……."

모인 눈과 귀에 말을 꺼낸 사내가 살짝 발을 빼며 말했다.

"허! 사람이 말을 꺼냈으면 끝을 내야지!"

"맞아, 맞아!"

"이야기 값이라면 내가 낸다!"

"나도 낸다!"

삽시간에 동전들이 사내를 향해 비처럼 쏟아져 내렸다. 사내는 바닥에 널린 동전들을 하나하나 주웠다.

"그렇게나 듣고 싶단 말이지?"

동전 몇 닢이면 잽싸게 입을 열던 사내의 입이 금처럼 귀해진 날이었다.

\*     \*     \*

 근자에 들어 양억은 생각할 것이 없어 좋다 느꼈다. 생각하고 결정하고 움직일 필요가 없다.
 "오늘은 꽤 늦었구나."
 양억이 길 위로 늘어선 그림자들을 흘겨보며 말했다.
 하나같이 무기를 꺼내 쥐고 있는 사내들과 말을 나눌 것도 없었다. 지금까지 상대해 온 모두가 그러했다.
 "으아압!"
 우렁찬 기합 소리와 함께 사내들이 덤벼들었다. 복면을 뒤집어써 가린 얼굴은 시뻘겋게 충혈된 두 눈만이 보였다.
 휙!
 양억은 바람을 가르며 날아드는 검을 보았다.
 복면을 뒤집어쓴 이들은 하나같았다. 움직이는 것도 기합을 내지르는 것도 꼭 닮았다.
 다른 것이라고는 노림수와 늘어선 방위뿐이었다.
 콰과과곽!

사방에서 검들이 쏟아졌다. 양억의 목과 가슴, 다리와 팔을 향해 날아든 검의 끝이 녹색 액체로 번들거렸다.

독이다.

양억은 한순간 삭아 들어 가는 옷자락을 쳐다보았다. 어지간히도 강한 맹독인 모양이었다.

"이 괴물!"

누군가 소리쳤다.

독을 바른 검에도 흐트러짐 하나 없는 양억의 모습에 기가 질린 게다.

양억은 그네들을 똑바로 보았다.

사방에서 찔러 들던 검이 멎었다. 삭아 빠진 옷 사이로 드러난 근육들이 꿈틀거렸다.

"너희들의 죄가 나를 만든 거다."

양억의 나지막한 목소리와 함께 움푹 땅이 꺼졌다.

쾅!

천지가 비명을 내질렀다.

양억이 섰던 땅이 꺼져 사라지고 주변으로 개미치럼 몰려들었던 복면인들이 흔적도 없이 사라졌다.

남은 것은 넝마가 다 된 옷을 걸치고 선 양억과 사방으로 쏟아진 붉은 핏물뿐.

양억은 민머리로 흘러내리는 핏물을 쓸어 닦고는 묵묵

히 걸었다.

 떠날 때는 분명 회색 무복이었건만, 양억의 무복은 어느새 검붉게 물들어 있었다.

　　　　＊　　　＊　　　＊


 양억은 검붉게 물든 옷을 보았다. 걸음마다 모래알처럼 피딱지가 떨어졌다.

 몸을 씻은 것이 언제던가.

 양억은 그제야 고약한 냄새가 코를 찌르는 것이 느껴졌다. 종일 걷고, 매일 같이 사람을 때려죽이고 있다.

 인간백정.

 양억은 자신을 그리 부르던 누군가를 잠시 떠올렸다가 고개를 털었다. 신경 쓸 것 없는 일이었다.


 양억은 귀에 들리는 물소리를 따라 걸었다. 그러고는 곧 시원하게 쏟아져 내리는 폭포수와 마주 할 수 있었다.

 "후우."

 작게 숨을 내뱉고는 넝마가 다 된 옷을 골라 벗었다. 차가운 물에 옷을 담가 흔들어 씻었다.

 전혀 다른 옷, 전혀 다른 곳이건만 기억이 눈 밖으로

흘러나와 겹쳐졌다.

손이 아릴 만큼 시리던 겨울날에 이렇게 앉아 넝마가 다 된 옷을 빨곤 했다.

한사코 자신이 하겠다는 달기의 청을 물러 찾은 계곡에서, 양억은 아이 팔뚝만 한 방망이를 들어 옷을 두들겼다.

시커먼 흙먼지가 계곡 물 밖으로 빠질 때면 더러움에 얼굴을 찡그리기보다 이러한 것을 달기에게 보여 주지 않았다는 안도감에 웃음이 나오곤 했었다.

좋아했었다.

불문에 들어 속세를 버렸기에 억눌러 왔을 뿐이다. 달기를 양억은 창피함을 감추고 싶을 만큼 좋아했다.

"빠드득!"

악문 양억의 어금니가 갈렸다. 얼굴에 잔잔한 웃음이 흐르던 것도 잠시, 속된 마음에서 흘러나온 생각이 참기 힘든 분노를 불러 일으켰다.

"달기!"

외치는 소리가 산을 울렸다. 그 짐승과도 같은 울부짖음에 쏟아지는 폭포 소리가 멈추고 산이 숨을 죽이고 있었다.

\*   \*   \*

꼴깍!

일원은 마른침을 삼켰다. 이 사내를 아니, 이 자를 만날 때면 언제고 그랬다. 입술이 바짝 마르고 속이 탔다.

"오래 기다리셨습니다. 제가 늦었지요?"

남자답지 않은 교태로움이 흘렀다.

일원은 문을 열고 들어서는 이를 쳐다보며 포권했다.

"와 주어서 고맙소, 영공(領空)공."

"별말씀을 이렇게 늦어 버린 것을요. 호호홍."

웃어 앉는 영공의 얼굴 가득 웃음꽃이 피었다.

잡티 하나 없이 하얀 얼굴에 분을 바른 것인지 곱고 불그스름한 볼, 영공을 보는 일원은 등골이 오싹해짐을 느꼈다.

"외람된 말씀이오나, 어찌 소인을 보고자 하셨는지."

"아, 알아보아야 할 일이 있어 만남을 청하였소."

말끝을 늘여 묻는 영공의 말에 일원이 잽싸게 대답했다.

길게 말을 섞고 싶지 않은 기분 때문이었다.

용건만 간단히 하고 빠르게 자리를 떠나고 싶은 것이 일원의 마음이었다.

"알아야 할 일이라. 개인적인 만남은 아니로군요. 오호호호."

"개, 개인적으로 만남을 청할 리가 있겠소."

"음? 소인 농을 던진 것이온데 과민하게 반응하십니다. 왜 아니 된다는 말씀이십니까?"

"그, 그게, 그러니까, 구, 궁에 바쁜 일을 하시는 공의 시간을 어찌 사사로이 빼앗을 수 있겠소."

"호오."

일원의 변명을 보는 영공의 눈이 가늘어졌다. 그는 얇은 웃음을 흘리고는 일원을 가만히 보았다.

"여하튼 알겠습니다. 어떤 정보를 알아보아야 한다는 것입니까?"

"그게…… 혹, 최근 무림에 일고 있는……."

"인간백정, 염라귀 양억에 대하여 말씀하시는 것입니까?"

말을 잘라 건넨 영공의 말에 일원이 놀라 소리쳤다.

"마, 맞소! 벌써 파악하고 있는 것이오?"

"파악이야 하고 있지요. 흉흉한 소문인 것을요."

"하면 그자의 정체도……."

"정체요? 아니요. 그럴게 있을까요. 그는 스스로를 밝히고 다니지 않습니까. 양억이라고…… 설마 그를 아십니까?"

 영공이 일원의 말꼬리를 잡아 물었다.

 "아니, 꼭 그러한 것은 아니고…… 그러니까……."

 "갑자기 나타났다 이 말을 하시려는 것이지요?"

 "아, 맞소! 갑자기 그만한 인물이 불쑥 튀어나온 것이 미심쩍어 그렇소. 염왕천을 부순 것도 그렇고 우리 일월각에 이빨을 세우는 것도 그렇소. 내 생각으로는 배후가 있다 생각이 드오만."

 "배후라…… 없지는 않겠지요. 호호호. 동창 역시 그리 생각하고 있습니다."

 "인지하고 있다면 어서 조사해 주시오. 그는……."

 "무림에 있어, 그만한 인물이 갑자기 뚝하고 떨어지는 일은 없지요. 게다가 염왕천을 부수고 난 이후, 등에 천벌이라는 말을 지고 다닌다지요?"

 영공의 말에 일원의 눈이 커졌다.

 "천벌?"

 "설마 모르고 계셨습니까. 그 때문에 호사가들의 입이 방정이지 않습니까. 왜 그러한 말을 등에 지고 있는지 말입니다."

 "그, 그저 미친놈이……."

 "배후를 의심할 만큼의 인물이 아닙니까. 미친놈이라

생각할 수는 없지요."

놀리는 듯한 영공의 말에 일원의 얼굴이 벌겋게 달아올랐다.

진퇴양난이다.

이러지도 저러지도 못하니 속이 타는 듯했다.

대체 무슨 생각을 하고 있는 것인가. 무엇을 알고 있는 것인가.

일원은 영공의 속을 짐작하지 못했다.

알지 못하니 불안했다.

"그래서 그놈에 대하여 아는 것이 있소? 없소? 놈이 최근 우리 일월각을 공격하고 있단 말이오!"

"알아보고는 있습니다만, 좀처럼 나오지를 않는군요."

"천하의 동창이 모르는 일이 있소?"

일원이 비틀어진 입술로 영공을 향해 물었다. 비웃음이 었으나 영공은 대수롭지 않게 받아 넘겼다.

"물론입니다. 동창은 전지전능한 집단이 아닙니다. 궁에 관련되어 있기에 과장이 심하게 일이 있는 것뿐이지요."

"그것을 안다면 더욱 노력을 해야……."

"호호호. 그런데 일월각주, 아니, 일원공. 그래도 한 가지는 명심해 주십시오. 우리를 얕잡아 볼 수 있는 것은 오로지 황제 폐하뿐이옵니다."

지그시.

일원은 웃어 말하는 영공의 말에 흠칫 놀랐다. 웃음 속에 담긴 칼날이 일원의 가슴을 쿡 하고 찔렀다.

"허, 험! 내 모를 리 있겠소. 얕잡아 본 것이 아니요. 나는 그저……."

"나는 그저?"

영공이 길게 늘어지는 일원의 말을 따라하며 반문했다. 일원은 무어라 대답해야 좋을지 몰라 영공의 눈길을 피해 어문 기침만 털었다.

'빌어먹을 환관 놈이!'

속으로 영공에 대한 이를 갈면서도 일원은 내색치 않기 위해 애썼다.

"호호호. 어쨌든 그에 대해서는 조사를 더 할 생각입니다. 찾아서 나오지 않는다는 것 자체가 의심스러운 인물이니까요."

"그, 그렇지. 찾아 나오지 않는다는 것은 누군가 의도적으로 그의 행적을 지운 것이 아니겠소. 비호 세력이 있는 것이 틀림이 없소. 정파라거나…… 아니면……."

"왕자님들일 수도 있겠지요."

빙긋 웃는 영공의 눈이 초승달처럼 휘었다. 팔월, 뜨거운 태양이 천하를 집어삼키던 여름날의 일이었다.

  \*     \*     \*

 홍개는 우두커니 산마루에 서서 발아래 자욱하게 내리깔린 구름을 보았다.
 "심각한 표정을 짓고 있군. 무슨 일이라도 있는 것인가."
 곤륜의 장문인 청학이 홍개를 향해 물었다. 젊은 도사 둘을 이끌고 나타난 청학의 얼굴은 높고 푸른 하늘만큼이나 맑아 보였다.
 "도를 이룬다고 산 위에 처박혀만 있으니 마음이 편하지? 속세는 아귀지옥이야. 일이 없을 리가 있어?"
 "사람하고는…… 모든 근심은 마음에서 오는 법이야. 마음을 편하게 가져."
 "누가 그것을 몰라? 그것이 되면 그리하지. 하지만 아니 되니까. 이렇게 근심이 쌓이고 열통이 터지는 것이 아닌가 말이야."
 "여전하군. 그래, 무엇이 자네를 그리 열통 터지게 만드는가."
 "왜? 말하면 풀어 주려고?"

"내 도울 수 있는 일이라면 도우려 그러지."

따갑게 말을 쏘아 뱉는 홍개의 말에도 청학은 너털웃음을 지었다.

"지난번에 이야기한 말들 기억나?"

"황궁에 대한 이야기 말인가. 기억하고 있지. 자네가 시킨 대로 하였으니까."

"그 이야기를 시작으로 천하가 뒤숭숭해. 개방의 귀가 넓은 것 알지?"

"물론이지. 그만큼 오지랖도 넓은 것을 내 모를까."

"쯧!"

농을 섞어 말하는 청학의 모습에 홍개가 혀를 찼다. 자신과 달리 여유로운 모습이 못내 못마땅했다.

"휘말려 들 거야."

"태풍이라도 부는가."

"태풍이면 낫지. 전쟁이 날 거야. 피바람이 불고 혈우가 내리겠지. 천하는 천둥보다 더한 비명과 곡으로 휩싸일 거야."

섬뜩한 홍개의 말에 청학이 얼굴을 찌푸렸다.

"과장치 마시게. 태평성대일세. 내 속세에 대해 자세히 알지는 못하나 그러한 일이 벌어질 것이라고는 생각되지 않아."

"모르니 하는 말이지. 알면 그런 말 못 할걸?"

"아니, 속세는 몰라도 사람은 알기에 하는 말일세. 그러한 전쟁이 그냥 일어나는 법이 있던가. 전쟁이라는 것도 모두 저울질 속에서 일어나는 일. 천하가 혈란에 휩싸여 도탄에 빠지면 얻을 것이 무엇이 있겠는가."

"허! 제법 속 깊은 말을 하네. 하지만 청학, 그것은 하나는 알고 둘은 모르는 이야기야."

"무엇을 말인가."

"그런 것 신경 안 쓰는 미친놈이 얼마나 많은지 말이야. 눈에 피가 쓰이면 아무것도 안 보이는 거야. 파탄이 나든 뭐가 됐든 이기려고만 하는 싸움. 잊었는가? 벌써 잊었어?"

홍개의 말에 청학이 움찔해 물러섰다.

"누가 그런 싸움을 하려 한단 말인가. 황제가 바뀌는 일은 지금까지 숱하게 있어 왔네."

"이번만큼은 달라. 한심한 황제 밑에 너무나 많은 힘들이 뭉쳐 모였어. 황후들의 세력이 나라 안에만 있는 것이 아니지 않는가. 둘째 부인으로 셋째 부인으로 그네들이 이 나라에 든 이유가 무엇이라 생각하는가. 용을 품기 위해서? 아니야. 용을 낳기 위해서야!"

쩌렁!

홍개의 말이 곤륜을 울렸다. 청학은 가슴을 때리는 홍개의 말에 몸이 파르르 떨리는 것을 느꼈다.

보인 것이다.

그의 말에서 피비린내 나는 전장이 보이고 들린 것이다.

"해서 어쩌자는 말인가. 우리네가 무엇을 할 수 있다고."

"이번만큼은 중립적으로 있을 수 없을 것이야. 최선이 아니라면 차악이라도 선택해야 할 일이 벌어질지 몰라."

"끔찍한 이야기로군……."

"힘을 가지고 있으니 어쩔 수 없는 일이기도 하지. 나는 오늘 자네에게 물으러 왔어."

"무엇을 말인가."

"때가 되면 내 말을 따라 주겠나. 묻지도 따지지도 말고 이 나 홍개를 믿어 줄 수 있는가 말이야."

청학은 진지한 홍개의 얼굴에 입술을 이죽거렸다. 뒤로 선 도사들의 얼굴이 심각하게 일그러졌다.

아니 될 말이다.

젊은 도사들은 생각하고 있었다.

홍개의 말은 결정적인 순간에 곤륜의 미래를 개방에게 맡기라 말하는 것과 같은 말, 응해서는 안 된다 생각했다.

"그러한 것을 물어보러 오다니 참으로 황당하군."

"무엇이 말인가."

"오래전부터 나는 자네를 믿어. 이렇게 다짐을 받으러 올 만큼 믿음이 부족하였는가. 곤륜은 개방을 믿네. 아니, 홍개 자네를 믿어. 걱정 마시게. 그런 때가 온다면 자네 옆에는 자네가 말하지 않아도 우리 곤륜이 있을 게야."

확고한 믿음, 한 푼의 의심도 없는 마음.

홍개는 청학의 말에 허리 숙여 포권했다.

청학은 고마움에 가늘게 떨리는 홍개의 어깨를 두드려 다독였다.

"사실 자네가 이곳에 들기 전부터 이야기는 들어 알고 있었네. 아미와 무당, 화산과 점창을 만났다지?"

"빤히 알고도 사람을 민망하게 하였는가."

"가끔은 자네도 당해 봐야지."

청학의 얼굴에 맺힌 웃음이 얄밉게 변했다.

"무림맹의 깃발을 다시 세우려는 것인가."

청학이 얼굴에 맺힌 웃음을 지워 물었다.

"그럴 때가 오면. 그리 해야지."

홍개의 대답에 청학은 말없이 그의 어깨를 두드렸다.

"앙상해졌군. 늙어서 다들 편해져 가는데 항상 자네만 고생이야. 미안하고 또 고마워."

"흥! 별 미친 소리를 다 하네. 됐다. 전했으니 나는 이제 간다."

"껄껄껄! 다 늙어 수줍어하는 겐가. 그래, 숭산에 가거든 내 소식도 전해 주게. 자네를 믿는다는 말을 가장 크게 전해 줘!"

홍개는 산이 떠나가라 소리치는 청학을 힐끔 쳐다보고는 두 다리에 힘을 실었다.

"다 늙어 빠져서는 왜 여즉 손을 흔들어? 주책없는 놈 같으니라고."

흉을 중얼거리는 입술과 달리, 청학을 보는 홍개의 가슴은 뭉클함에 젖어 들고 있었다.

第六章

축축한 여름밤, 우르릉거리는 하늘이 청룡의 울음소리 같은 낮은 울음을 토해 냈다. 먹구름에 가린 별과 달이 빛을 잃었다. 한 치 앞도 분간키 힘든 칠흑 같은 어둠이 내리깔려 있었다.

"누구냐."

 들에 앉아 쉬던 양억이 말했다. 들려오는 대답은 없었다. 그저 스산한 바람만이 들판을 스쳤다. 하지만 양억은 알 수 있었다.

 적!

양억은 자리에서 일어섰다. 그러자 바람에 담긴 살의가 따갑게 몸을 쏘아 붙였다.

"감이 제법 좋구나."

한참 대답이 없던 이가 말했다. 그는 어둠을 이끌고 내려온 듯 수많은 그림자와 함께 양억의 앞으로 불쑥 솟아올랐다.

꾸욱!

양억은 말 없이 두 주먹에 힘을 주었다.

문답무용.

그것이야 말로 무림에 나와 양억이 체득해 얻은 지식이었다.

"싸우려 온 것이 아니다."

어둠 속에서 솟아 오른 미상인(未詳人)이 말했다. 긴 머리를 뒤로 쓸어 넘겨 묶고 있는 자가 정중히 포권하며 말했다.

"천산에서 온 천장강이라고 한다."

"천산?"

미상인의 말에 양억의 눈썹이 꿈틀거렸다. 낯선 이름이지만 '천산'이라는 지명은 익히 들어본 기억이 있었다.

"마교?"

중얼거리는 양억의 말에 미상인의 곁으로 선 그림자들

이 꾸물거렸다.

"우리를 잘 모르는군. 첫 만남이니 넘어가겠지만, 앞으로는 조심 하는 게 좋을 거야. 마교라는 말은 우리에게 있어 모욕과도 같은 말이니까. 우리를 지칭할 때는 신교라 불러 주었으면 좋겠군."

미상인의 말에 양억은 무어라 대답지 않았다. 그는 그저 물끄러미 미상인을 쳐다보며 움켜쥔 주먹을 풀었다 쥐었다 반복했다.

"왜 대답이 없지?"

침묵하는 양억을 향해 미상인이 물었다. 양억은 따가워지는 미상인의 시선에 볼을 긁적였다.

"불청객과 말을 나누어 본 적이 없어서."

"하! 그것 말 되는군. 하지만 그래도 나는 자신을 밝히지 않았는가. 제대로 듣지 못했다면 다시금 이야기해 주지. 나는 신교의 월아충천을 이끌고 있는 천장강이라고 하네."

"양억이나."

신분을 밝혀 말하는 미상인 찬장강의 말에 양억이 답했다.

양억은 머릿속으로 셈을 하고 있었다.

이러한 문답이 과연 좋은 결과를 만들 수 있을까.

양억은 번잡해지는 생각에 고개를 저었다.

"표정이 좋지 않군."

"이렇게 나를 찾은 이유가 뭐지?"

"하긴 잡담이나 나눌 사이는 아니지. 그래 단도직입적으로 이야기 하지. 신교에 들어오는 것이 어떠한가."

'와락' 양억의 얼굴이 구겨졌다. 그는 거드름을 떨고 선 찬장강을 빤히 쳐다보며 주먹을 내질렀다.

"팡!"

파공음과 함께 바람이 들을 휘저었다. 찬장강은 곧게 날아드는 주먹을 피해 뛰었다. 그는 즐거운 얼굴로 양억을 보았다.

"좋은 권이로군. 이 주먹이 염왕천기의 몸을 찢어발긴 주먹인가?"

훌쩍, 몸을 띄워 피한 천장강이 말했다. 양억은 무표정한 얼굴로 그를 힐끔 쳐다보고는 대답 없이 걸었다.

일월각을 향해.

그는 천장강과 그의 그림자들을 무시하기로 마음먹었다.

"그냥 가면 아니 되지."

천장강이 뒤따라 걸어오며 말했다.

"신교에 들어오기 싫어 그러는 것인가? 아니면 이미

다른 곳에 적을 두고 있는 것인가."

양억은 대답지 않고 걸었다. 어차피 맞이할 이유 없는 손님이었다.

"무시하는 것인가. 흠, 도망을 치는 것 같기도 하고. 어쨌든 자네가 대답지 않으니 내 마음대로 생각하지. 우리 신교는 말이야. 자네에 대해서 관심이 커. 우리 신교뿐만이 아니겠지. 아마 전 무림이 그럴 거야. 정파도 사파도 마찬가지였지. 그런데 말이야. 최근에는 좀 달라진 것 같아."

천장강의 말에서 웃음기가 빠졌다.

"자네에 대해 열심히 찾던 개방의 움직임이 변했단 말이지. 두 가지 중 하나겠지. 찾았거나, 찾을 필요가 없어졌거나."

"무슨 말이 하고 싶은 것이냐."

양억이 우뚝 서 물었다. 양억의 눈은 붉게 충혈 되었다.

"개방과 인연을 맺고 있다는 것은 이미 알고 있다는 이야기다. 북해의 무공을 사용하고 있다는 것에서 북해와의 인연도 유추할 수 있었고. 사파를 적대시하는 것 같으나 사실은 뚜렷한 목표가 있다는 것도 안다."

"잘도 이야기 하는군."

"틀린 말은 없을 거라 생각해. 우리의 귀도 허접하진 않으니까."

"내가 신교에 들 것이라 생각하는가?"

"아니, 그런 생각은 안 해. 하지만 그래도 권해 보는 거야. 네 목적이 무엇인지 모르나, 그것이 사파에 대한 공격에 있다는 생각은 들지 않거든. 등에 진 글귀만 해도 그래. 천벌. 하늘을 대신해 누구에게 벌을 내리려는 거지?"

양억은 주절거리는 천장강을 보았다. 왜 그의 말을 들으며 참고 있는 것인가.

양억은 생각해 보았다. 몸에 얽힌 사슬 때문이다. 양억은 스스로에게 답했다. 상황이 몸을 얽맨다. 개방이, 천조비가, 앞으로의 일이. 양억은 짜증이 치솟아 올랐다.

어차피 모조리 죽이면 끝나는 일이다.

복수라는 것은 복잡하지 않다.

단순하다.

받은 만큼 갚아 주면 되는 일이다. 한데 그것을 위해 참는다. 빠르게 달리면 해결될 일을 멀게 돌아만 간다. 주변에 피해를 주지 않기 위해, 보다 완벽한 복수를 위해.

"으득!"

양억은 어금니를 깨물었다.

거듭된 생각에 머리가 터질 듯했다. 가득 치밀어 오른 분노가 치익 하고 증기를 내뿜어 온몸을 증발시켜 버릴 것만 같았다.

"위험해 보이……."

천장강이 채 입을 떼기도 전, 땅이 허물어졌다. 양억의 손길에서 망설임이 사라졌다. 대지가 흔들리고 하늘이 울었다.

"이거……."

양억에게 쫓기는 천장강의 얼굴에서 여유가 사라졌다. 그는 새파랗게 질린 얼굴로 나찰처럼 쏘아져 들어오는 양억을 보았다.

"빌어먹을!"

재빠르게 검을 뽑아 뻗어 보았지만 허사였다. 양억의 몸에 적중한 검은 썩은 나뭇가지처럼 부러져 튕겨 나갔다.

"피하십시오."

나지막한 목소리와 함께 그의 주위로 일렁거리던 그림자들이 치솟아 올랐다. 짙은 어둠을 꿰뚫고 오른 그것들은 시퍼런 검광을 번뜩이며 양억의 몸을 베었다.

촤좌좌좍!

사방에서 쏟아지는 검광이 번개처럼 번뜩였다.

눈으로 쫓기 힘들 만큼의 빠른 속검,

여덟 명의 검수들이 어우러져 펼쳐지는 검진은 절대적인 죽음을 펼쳐 보이는 듯했다.

"멍청이들아! 피하란 말이다!"

천장강이 거칠게 소리쳤다.

그야말로 한순간이었다.

절대적인 듯했던 검진이 도자기처럼 깨어지며 새하얀 한기가 사방을 뒤덮었다.

콰드드득!

섬뜩한 소리와 함께 얼어붙은 그림자들의 몸이 붉은 얼음 조각으로 비산해 올랐다. 일곱 명의 일류 쾌검수가 일격에 핏덩이가 된 게다.

"치익!"

천장강은 재빠르게 몸을 빼어 내달렸다. 허물어지는 수하들의 모습에서 느껴지는 가슴 아픔 따위는 없었다.

가슴에 들어찬 것은 오로지 양억에 대한 두려움뿐!

"빌어먹을 노친네들…… 저건 사람이 아니라 악마잖아!"

천장강의 뛰어 중얼거렸다.

그는 이지를 상실한 듯 천지를 찢어발기는 양억의 포효

소리에 태어나 가장 빠른 속도로 내달렸다. 쿵쾅거리는 심장이 입으로 튀어 나올 듯 거칠게 뛰었다.

'피부로 느껴지는 압도적인 힘. 흡사 그분과 같지 않은가.'

그렇게 천장강은 멀어진 양억을 힐끔 돌아보고는 어둠 속으로 사라졌다.

\*    \*    \*

양억은 온통 헤집어 놓은 들을 빠져 나왔다. 정신을 차렸을 때는 눈앞에 모든 것이 사라진 뒤였다. 말을 걸던 이들도, 덤벼들던 이들도 머릿속에 조각난 기억으로만 남아 있었다.

"후."

깊게 숨을 내쉬고는 엉겨 붙은 흙을 털어 냈다. 폭발하듯 쏟아져 나온 감정에 마음이 진정된 것인지, 양억은 오랜만에 머리가 맑아졌음을 느꼈다. 참는 것, 삼키는 것. 양억은 그렇게 부담감 속에서 스스로를 갉아 먹고 있다.

"애초에 그리 할 필요가 없는 일이었다."

스스로 자답했다.

큰소리를 질러 놓고 오는 길이 아니던가.

애초에 고민할 필요도 참을 것도 없었다.

"한결 편하군."

생각을 정리해 뻗는 양억의 발걸음이 가벼워졌다.

"곧장 가는 거다. 그래, 일월각…… 그 씹어 삼킬 놈이 있는 곳을 향해서."

\*      \*      \*

일원의 손이 파르르 떨렸다. 꿀꺽 마른침을 삼키고는 손에 쥔 서찰을 구겨 던졌다.

"마, 말도 안 돼."

더듬거리는 목소리로 말했다. 겁에 질려 떨리는 눈이 매음굴의 약쟁이 같았다.

"무슨 서찰입니까?"

수하인 반노철이 물었다.

그는 일원이 구겨 던진 서찰을 쥐어 펼치려 했다. 순간, 일원의 고함 소리가 들려왔다.

"동창의 서찰이다! 황궁의 일을 어찌 궁금해하는가!"

그는 고함을 치며 잽싸게 반노철이 들고 있던 서찰을 뺐었다.

화륵.

반노철은 삼매진화의 수법으로 재가 되어 사라지는 서찰을 보며 마른침을 삼켜 부족했다.

"생각 없이 행한 일이니 용서해 주십시오!"

일원은 부복해 소리치는 반노철을 힐끔 쳐다보았다.

"다음부터 관심을 두지 말라."

그렇게 이르고는 손을 저어 쫓았다. 그뿐만이 아니었다.

"모두 물러가라."

그 한 마디로 아침 회의를 위해 나온 수뇌들을 쫓아냈다.

"후우."

일원은 텅 빈 회의실에 앉아 깊게 한숨을 내쉬었다. 까맣게 잊고 살았던 기억이 생생하게 되살아났다. 가슴이 벌렁거리고 얼굴이 붉게 달아올랐다. 근엄한 척 앉아 있던 각주의 옥석이 축축하게 젖었다.

'진짜 양억이 살아 있었다는 말인가.'

일원은 몸서리를 쳤다.

십여 년도 더 된 일이다.

절을 약탈하고 아이들을 불태우고, 기거하던 처녀를 욕보인 것도 모자라 울부짖던 주지승을 베어 죽였다. 욕심에 눈이 멀었음에도, 탐욕에 가슴이 가득 찼음에도 어찌지 못하고 술을 퍼마시고 칼을 들었다. 그리고 그 어떤 날보다 거칠게 악행을 쏟아 놓았다.

"하아."

한숨이 연거푸 쏟아져 나왔다. 동창은 양억이 등에 업은 세력은 보이지 않는다 하였다. 그가 무림 곳곳을 누빈 것은 사실이나, 그를 안으로 품은 세력은 없다 말했다. 하지만 일원은 믿을 수가 없었다.

그만한 힘을 십 년 만에 얻기란 불가능하다.

누군가의 도움이 없다면 이렇게나 강대한 힘을 손에 쥘 수 있을 리 없다 생각했다.

'혹 간계를 부리는 것인가.'

일원은 불태운 서찰을 떠올리며 뇌까렸다. 동창에서 보내온 서찰의 내용에 대해 의심하기 시작한 것이다.

"밖에 있느냐?"

일원이 소리쳐 말했다.

"어쩐 일이십니까?"

밖으로 문을 지키고 있던 첩혈마가 발을 굴러 소리쳤다.

"들라."

일원이 짧게 대답해 말했다. 첩혈마는 두말없이 문을

열고 들어와 일원의 앞에 부복했다.

"찾으셨습니까."

"천지간에 믿을 것이 무엇인지 말해 보라."

"예?"

"천지간에 믿을 것이 무엇인지 말해 보라 하였다."

차가운 일원의 표정에 첩혈마의 얼굴이 딱딱하게 굳었다. 그는 더듬거리는 목소리로 대답했다.

"처, 첫째로 믿고 싸울 동료이며, 둘째로 함께 나아갈 동도이고, 셋째로 가족입니다."

"좋은 대답이구나."

일원은 그러한 첩혈마의 말에 흡족한 얼굴로 앉은 자리에서 일어났다.

"너는 내가 일월각에 들기 전부터 저 문을 지켜왔다. 듣기로는 십여 년을 그리하였다지. 네가 모신 각주만 나까지 셋. 그럼에도 불구하고 누구하나 너를 물러 다른 이를 들인 각주가 없다. 그 이유가 무엇인 줄 아느냐."

"그, 그것은……."

일원의 물음에 첩혈마가 말을 흐렸다. 그는 난처한 얼굴로 얼굴을 붉히고 섰다. 제 입으로 말하기에는 자랑이 될까 차마 입을 열 수가 없었다.

"왜 대답지 못하지?"

"미, 믿음 때문이 아니겠습니까. 각에 대한 추, 충정과 드, 듬직함?"

눈치를 살펴 말꼬리를 높이는 첩혈마의 얼굴이 홍시처럼 붉어졌다. 일원은 그런 첩혈마의 어깨를 두드려 웃었다.

"그래, 맞다. 그렇지. 나는 그대를 높이 산다. 각을 위한, 각에 대한, 각의 일원. 그대는 내가 자리를 물려주고 떠난 뒤에도 그 자리를 지키고 있겠지. 어쩌면 나보다 더 오래 각을 위해 헌신할 존재일지도 몰라."

"다, 당치도 않는 말씀이십니다."

"아니야. 나는 진심으로 그리 생각해."

첩혈마는 자애로운 일원의 웃음에 꿀꺽 마른침을 삼켰다.

지금까지 이렇게나 가까이서 각주의 말을 들었던 기억이 있던가. 첩혈마의 가슴은 고양감에 터질 듯 뛰고 있었다.

"내…… 그래서 어려운 부탁을 하나 할까 하는데 말이야. 각을 위한 일인데…… 선뜻 나설 만한 녀석들이 보이지 않아 말이야."

"하, 하명만 내리십시오! 지옥 불구덩이에 뛰어드는 일일지라도 각을 위한 일이라면 저는 결코! 물러서지 않습니다."

탕탕!

일원은 가슴을 두드려 소리치는 첩혈마의 모습에 웃었다.

"요즘 골치를 아프게 하고 있는 자가 하나 있다. 알고 있느냐?"

"인간백정이라 불리는 그놈을 말씀하시는 것입니까?"

"그래, 맞다. 그놈과 관련해서 동창이 내사 중인데 말이야. 그런 동창의 움직임이 심상치 않아서…… 동창을 역으로 조사할 수 있을까 생각이 들어."

"도, 동창을 말입니까?"

꿀꺽!

일원의 말을 듣는 첩혈마의 얼굴이 딱딱하게 굳었다. 그는 요란스럽게 침을 삼키고는 웃으며 서 있는 일원을 보았다.

어찌해야 좋을까.

첩혈마는 가슴이 타들어 가는 듯했다. 각에서 보다 높은 자리로 오를 수 있는 천재일우의 기회인지, 지옥문으로 가는 입구인지 파악할 수가 없었다.

"해……보겠습니다."

"참말인가? 동창을 쫓는 일은 쉬운 일이 아니야. 게다가 혹시라도 발각이 되는 날에는……."

"모두 제가 책임지겠습니다. 각주님의 명이라면 지옥 불구덩이라도 들어갈 수 있는 것이 저 첩혈마입니다."

일원은 가슴을 쳐 말하는 첩혈마의 어깨를 두드렸다.

"자네만 믿겠네."

허리 굽혀 읍하는 첩혈마의 몸이 바르르 떨리고 있었다.

\*   \*   \*

양억이 골파라는 마을에 다다랐을 무렵이다.

양억은 여느 때와 같이 일월각의 분파를 찾아 걸었다. 마을 누구에게 말을 물을 것도 없었다. 분파의 위치는 이미 머릿속에 있었다.

'다른 곳과 다름없이.'

양억은 그리 생각하고 있었다.

"어서 오십시오!"

그 때였다.

마을에 들어서면 시선을 피해 도망칠 것이라 생각한 마을 사람들이 이상했다. 양억의 모습에 웃음을 띠기도 하고 인사를 건네기도 했다.

유난스러울 정도였다. 겁을 내며 시선을 피하는 이도 없었다. 오히려 조금이라도 더 양억을 보기 위해 따라 걷는 이들도 있었다.

'대체 뭐지?'

양억은 뜻밖의 상황에 놀랐으나 내색치 않았다. 적이 누구건, 어떤 상황이 벌어지건 간에 목표는 또렷했기 때문이다.

"스님! 양억 스님이시지요?"

그렇게 한참 길을 걸을 즈음, 양억의 무릎에 채 닿지도 않을 만큼 작은 아이가 다가서 물었다.

양억은 그런 아이의 말에 대답지 않고 걸었다. 아이의 인사를 받아 주어야 할지 말아야 할지 고민이 된 탓이다.

"양위문을 찾아온 것이죠? 제가 알아요. 제가 길을 알아요!"

양억이 길을 안내해 주겠다며 따라 붙는 아이를 힐끔 보았다. 아이는 천진하게 웃으며 말했다.

"못된 놈들을 박살 내고 있다고 들었어요. 염왕천이라는 무법 집단도 스님께서 법력으로 허물었다지요?"

아이의 말에 양억의 눈썹이 꿈틀거렸다.

"대체 그러한 말을 어디서 들은 것이냐."

"마을에 소문이 가득해요. 스님께서 주인공인 연극도 봤어요. 몇 번이나요."

"대체 무슨 말인지 모르겠군."

양억은 아이의 말에 고개를 털었다.

아이가 말하는 것을 믿을 수가 없었다.

두 가지 생각이 머릿속을 스쳤다.

적들의 새로운 함정이거나 천조비, 그가 뒤에서 무언가 일을 꾸미고 있음이다.

"사실 스님께서 찾는 양위문은 이미 텅 비었어요. 보름 정도 되었을 거예요."

"무엇이 말이냐."

"그들이 도망치듯 떠난 것이요. 처음에는 무슨 일인가 하였는데, 그들이 떠난 이후 마을 저자에 이야기가 돌았거든요. 그전까지는 들어오지 못하던 이야기꾼들도 들어오고요. 마을에 활기가 돌아왔어요."

양억은 고개를 끄덕여 답했다.

더 이야기를 해 봐야 알 것도 없고 알 필요도 없는 문제들이란 생각이 들었다.

"다 왔어요."

양억은 아이의 안내 끝에 닿은 저택을 보았다. 한때 위용을 뽐냈을 양위문의 무관은 폐가가 다 되어 있었다.

"쓸 만한 것들은 모두 가지고 갔어요. 빈집도 사람들이 기와나 문 같은 것들을 떼어 가기 시작해서 지금은 폐가가 다 되었죠."

양억은 아이의 말에 고개를 끄덕였다.

그러고는 뚜벅뚜벅 걸어 나가 아직 남은 현판을 떼어 바스러트렸다.

부술 것도 없었다.

눈앞의 저택은 폐가가 다 되어 있었고 인기척도 느껴지지 않았다.

"일월각에 가시는 것이지요?"

아이가 생글거리는 얼굴로 물었다.

"그래 그리로 갈 생각이다."

"각주를 잡는 건가요? 일월각이 무슨 천벌을 받을 짓을 벌인 모양이지요?"

양억은 말을 묻는 아이를 우두커니 보았다.

"그런 것…… 말해 줄 이유가 없다."

그러고는 잔뜩 내려앉은 목소리로 말을 늘어놓고는 쿵 하고 천지가 흔들릴 만큼 크게 발을 굴렀다.

"으아앗!"

놀란 아이가 당황에 주저앉았다.

그 순간 양억의 커다란 주먹이 쓰러진 아이를 향해 떨

어졌다.

쾅!

다시금 폭음이 울리고 아이가 쓰러졌던 자리가 움푹 파여 사라졌다.

"어떻게 알았지?"

피어오른 흙먼지 사이로 방금 전까지 웃음을 흘리고 섰던 아이가 걸어 나와 물었다.

웃음이 사라진 아이의 눈이 탁하게 흔들리고 있었다. 양억은 대답지 않고 연거푸 주먹을 뻗었다.

파바바방!

빠르게 뻗은 주먹이 빛살처럼 아이가 선 흙먼지를 꿰뚫었다. 아이는 놀란 얼굴로 흙먼지 사이로 몸을 숨기려 하였다.

하지만 그것은 아이의 바람이었을 뿐, 권풍에 휩쓸린 아이는 삽시간에 곤죽이 되어 바닥을 나뒹굴었다.

꾸드드득!

뼈가 뒤틀리는 섬뜩한 소리와 함께 아이의 몸이 기괴하게 부풀어 올랐다.

역용술이다.

역용술로 붙들고 있던 아이의 몸이 양억의 공격에 깨어

진 것이다.

"으아아악!"

찢어질 듯한 비명이 마을을 울렸다. 어느새 양억의 주위로 선의에 가득 차 웃음을 짓던 마을 사람들이 잔뜩 모여들어 있었다.

"마을 자체가…… 양위문이었구나."

주먹을 움켜쥐는 양억의 눈이 붉게 물들었다.

　　　　　*　　　*　　　*

뒤늦게 마을에 도착한 홍개는 입을 다물 수가 없었다.

"골파가…… 사라졌다?"

홍개는 휘둥그레진 눈으로 폐허가 되어 버린 마을 골파를 보았다.

분명 보름 전까지만 하더라도 도시 옆의 농가였다고는 하나 골파는 제법 규모가 있던 마을이었다.

사십여 가구, 근 삼백이 넘는 이들이 모여 살았고 도시로 향하는 나그네들을 상대로 객잔이 성업을 하기도 하였다.

그런데 그런 마을이 지워졌다.

전쟁 통에도 이러한 파괴를 본 기억이 없다. 집이고 무엇이고 성한 것이 하나도 없었다. 마을이 있었다는 흔적만 찾아볼 수 있었다.

"골파가 이렇게 쉽게 허물어져 버릴 줄이야……후…… 방주, 마지막 보루였어요. 그는 이미 일월각을 향해 갔고, 이제 따라잡을 수 없습니다."

"전서구는?"

"노출될 확률이 높습니다. 이렇게 걸음이 늦어진 것도 사방에서 집중된 시선을 피하느라 그런 것이었습니다. 이제 어쩔 도리가 없습니다."

홍개는 지끈거리는 이마를 짚었다.

적들의 반격이 이렇게 이루어질 것이라고 생각지도 못했다.

"양억에게 역적의 낙인이 찍혔어. 황궁에서 공조해 섬멸하라는 밀지가 왔다고. 정사파 모두에게 말이다. 황명! 황명이!"

"본인이 선택한 일이 아닙니까! 이렇게 되어 버릴 것이라고 몇 번이고 말했습니다. 더 어떻게 해야 합니까. 그를 따라 역적이 되어야 합니까? 반기를 들고 적기를 들어 난이라도 일으켜야 합니까!"

장춘삼이 소리쳤다. 홍개는 씩씩 거리는 장춘삼을 쳐다보며 고개를 떨궜다.

"할 수 있는 것은 분명 다 할 것입니다. 그를 위해서라도 살아야지요. 졸렬한 쥐가 되더라도 숨어 피할 쥐구멍 하나는 만들어 줄 수 있게요."

장춘삼은 깊게 숨을 내쉬며 홍개를 보았다.

혜안을 가졌다는 말을 듣던 방주가 그저 그런 형이 되었다.

동생의 안위에 흥분하고 앞뒤 살피지 않고 뛰어들려 하는 형이 되었다.

"게다가 방주. 그라는 괴물을 누가 잡을 수 있겠습니까. 황군? 정파? 사파? 다 나선다 하더라도 그가 죽을 거라는 생각이 안 듭니다. 저게 어디 사람 하나가 만들 수 있는 광경이란 말입니까?"

홍개는 웃어 말하는 장춘삼을 보았다.

그러고는 실없이 웃었다. 새카맣게 어리게만 보이던 장춘삼이 어느새 이렇게나 자라 여유를 잃지 않으려 웃고 있음을 깨달은 게다.

"그래, 황명 따위가 별거냐. 내 아우는 버텨 낼 거다. 분명히."

걸음을 옮기는 홍개의 얼굴이 조금은 편안해져 있었다.

\* \* \*

"왜 기억하지 못했을까."

포경청은 양억의 모습이 그려진 초상화를 빤히 보았다. 동창의 영공이 보내온 그림이었다.

"그대는 어찌 알았는가."

"우연한 기회에 알게 되었습니다."

"허, 자네 같은 사람이 우연이라는 말을 입에 담다니 재미있군. 오래전 옛 황실의 옥쇄가 발견 되었을 때, '우연 따위는 존재치 않는다, 모든 것이 다 이유가 있다.' 라고 그대가 황제께 고하지 않았었나."

"그것을 기억하고 계십니까?"

포경청과 마주 앉은 이윤걸이 놀라 말했다.

포경청은 그런 이윤걸의 물음에 가벼이 고개를 끄덕이며 향긋한 냄새를 풍기는 국화주를 한입 머금어 삼켰다.

"다른 대신들도 기억하고 있을 걸세. 기억에 남았지. 새파랗게 어린 서생 나부랭이가 황제를 향해 고언을 하였으니 말이야."

"그렇군요. 그런데 그 일로 곤장을 맞았던 것은 혹시 아십니까."

"곤장을 맞았었나?"

"예, 그때 제 엉덩이를 때리라 명한 것이 바로 재상님이십니다."

"허허, 그랬었군. 까맣게 잊고 있었네."

이윤걸의 말에 포경청이 웃음을 흘려 말했다. 정말로 기억치 못하는 듯했다.

"그날입니다. 그날 저는 재상의 손과 발이 되고 싶었습니다."

"허, 놀랄 말을 하는구먼. 술 한 잔 하지 않았음에도 벌써 취한 것인가? 그대가 충성을 바쳐야 하는 것은 내가 아니야. 천자다. 어찌 내 수족이 되고자 하였단 말인가."

정색해 말하는 포경청의 말에 이윤걸이 고개 숙여 말했다.

"실언을 하였습니다. 손발이라는 말을 호의로 바꾸는 것이 좋겠습니다."

"그래, 그게 좋겠군."

포경청이 다시금 술잔을 비워 말했다.

"술이 독합니다."

"가끔은 취하지 않는 날도 있는 법이지."

이윤걸은 연거푸 술을 들이키는 포경청을 보았다.

"그가 등에 천벌이라는 말을 지고 다닌다지?"

"예? 아, 예. 그렇다 들었습니다."

"재미있어."

포경청의 얼굴에 웃음이 피었다.

"무엇이…… 말입니까?"

"자리라는 것은 말이야. 오르기도 힘들지만 오른 뒤에 지키기가 더 힘들다는 것을 최근 느끼고 있어. 오를 때 쌓은 적들과 오르고 나서 쌓은 적들이 산재해 있단 말이지. 전쟁을 겪어 보지 않았지만, 나는 이것이 공성과 같다 생각해."

"황궁의 보이지 않는 전쟁이 더 무서운 법이니까요."

"그렇지. 이것에 싫증을 내는 이들도 있지만, 나는 솔직히 고백하면 즐거워."

"예? 즐거우시다니요?"

"그래, 이렇게 덤벼드는 이가 있다는 게 매우 즐겁단 말이지. 어쩌면 나는 이것을 위해 이 자리를 지키고 있는지도 몰라."

이윤걸은 얇게 스며드는 포경청의 웃음에 가슴이 철렁 내려앉는 것을 느꼈다. 그의 웃음 속에 담긴 '무언가'에 한기를 느낀 게다.

"어쨌든 이 일은 자네에게 일임해 두겠네. 재미있는 일이기는 하나 내가 나설 만한 일은 아니야."

"그, 그렇지요. 재상께서 나설 만한 일은 아니지요. 오히려 이렇게 심려를 끼치게 되어 죄송할 따름입니다. 제

선에서 조용히 처리를 하려 하였는데…… 동창이 얽히는 바람에…….''

"무림의 일이라는 것이 그래서 골치가 아픈 것이지. 이번 기회에 싸그리 밟아 놓는 것도 좋을 것 같은데 말이야."

"무, 무림을 말입니까?"

포경청은 이윤걸의 말에 대답 없이 웃었다.

양억.

무림을 휘젓고 있는 파계승에게 역적의 낙인을 찍은 날의 일이었다.

第七章

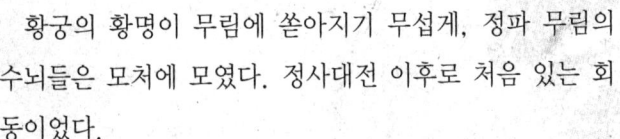

 황궁의 황명이 무림에 쏟아지기 무섭게, 정파 무림의 수뇌들은 모처에 모였다. 정사대전 이후로 처음 있는 회동이었다.

"이렇게 모이게 되어 유감스럽군."

곤륜의 청학이 발했다.

"좋은 일로 모여야 좋을 때인데 말이야. 쩝, 황명이라니. 내 살다 살다 역도를 잡으라는 황명을 듣게 될 것이라고는 생각지도 못했군."

"유래가 없는 일이니까. 언제부터 무림 정파가 역도를 잡는 몰이꾼이 되었느냐 말이야."

청학의 말에 화산의 무기량이 짜증 섞인 얼굴로 말했다. 그는 황궁의 황명이 마뜩찮은 듯싶었다.

"하지만 이해가 가지 않는 것도 아니지 않소. 역도가 무림인, 그것도 새외 무림과 엮인 역도라면 황궁의 대처가 바른 것으로도 보이오만."

점창의 모악이 기침을 털어 말했다.

"헛소리! 그렇다면 무림의 일로 두어야지. 역도라는 말을 붙일 이유가 있겠는가. 나아가 이번 일에 황명을 받은 것은 정파 무림뿐이 아니야. 사파 무림에게도 똑같은 황명이 내려졌음을 어찌 몰라. 새외와 얽힌 세력을 무너트리고자 함이라면 이번 황명에 사파의 이름들도 적어 넣었어야 할 것이야!"

"그것은 그렇소만…… 나는 그저 이해에 관해 말하였을 뿐이오. 황궁을 옹호하려는 마음은 없소. 흥분치 마시오."

소리치는 무기량의 모습에 모악이 선을 그었다. 자칫 자신의 말로 괜한 싸움이 벌어질지 모른다는 생각이 든 게다.

"너무들 쉽게만 보고 있는 것이 아니요? 내 솔직히 말해 보리다. 이번 황명이 나는 타당하다고 보지 않소. 그들이 역도라 말하는 '양억'이라는 자에 대해서는 일단 이야기 하지 않겠소. '그가 어떤 인물인가'는 지금 내가 말할 이야기와는 큰 관련이 없으니까."

"어찌 말이오?"

곤륜의 청학이 물었다. 양억이 이야기의 중심이 되리라 생각했기 때문이다.

"내 말하고자 하는 것은 황궁의 일이기 때문이오. 나는 이번 일이 그저 역도를 잡는 것에 국한된 일이라 생각하지 않소."

"그럼 다른 속뜻이 있다는 게요?"

소림을 대표해 자리를 찾은 광자가 물었다.

"예, 저는 시커먼 속내가 있다 생각합니다."

"그것이 무엇이오."

"현 황제의 건강이 위중하다는 사실은 삼척동자도 알고 있는 사실. 나는 이번 황명이 황제의 손에서 나왔을 리가 없다 생각합니다."

"그럼, 나른 이의 입김이 닿았다 이것이오?"

"확실합니다. 사파 무리들이 득달같이 일어나 불을 지피는 것만 보아도 알 수 있습니다. 정사대전 이후 그들이 황궁의 비호를 받아 음지에서 양지로 세력을 옮겨 가고 있는 것은 다들 알고 계시리라 믿습니다. 표국과 소금, 철과 광물들을 골자로 나라에서 받은 합법적인 사업권을 가지고 이윤을 내고 있음을 모두가 알 테니까요."

"그것이야 모르지 않소. 하지만 그것이 나쁜 일만은 아니지 않소. 개과천선하여 민초들을 괴롭히지 않고 산다면 그것으로 좋은 일. 본 승은 그것에 시기하고 질투를 할 것은 없다 생각하오."

"질투가 아닙니다. 기우와 걱정도 아닙니다. 소림은 속세와 멀어 잘 모르시는 것도 이해가 갑니다. 그들이 양지로 나와서 끼치는 패악에 대하여 모르시겠지요."

"패악?"

"그들이 양지로 나와 합법적으로 사업에 임했다 생각하십니까? 그네들이 장악한 광물과 소금 등의 가격이 얼마나 올랐는지, 그로 인해 이전에 활발하던 많은 표국과 대장장이, 보부상들과 상인들이 쫓겨나듯 장사를 접고 사라졌음은 이야기할 것도 없지요. 그들이 장악한 시장은 지옥도와 다를 것이 없습니다. 힘으로 찍어 누르고, 법으로 밟고, 돈으로 빼앗고 있습니다. 저 안에 불법과 위법은 없습니다. 이전보다 확실하고 확고하게 처리하는 합법만이 있지요. 그 합법 안에서 얼마나 많은 민생이 무너졌는지 아신다면 제 말에 다른 의견을 제기하지 못하실 것입니다."

"허허…… 그러한 일들이 있는지 미처 몰랐소. 속세와

멀어지니 머리가 굳어 버렸구료."

 광자가 무기량에게 사과해 말했다. 그의 역설이 타당함을 인정한 게다.

 "현 황궁에서 사파에게 그러한 사업권을 주고 아량을 베푸는 이유가 무엇이겠습니까. 둘의 밀약에 대해서 물증은 없으나 심증은 있지들 않습니까. 꼭 보아야만 아는 것은 아닙니다."

 "그 점에 대해서는 나도 동의하오. 그네들과의 입찰에서 승리하기 위해 몇 번이고 노력해 보았으나 결국 한 번을 이겨 보지 못했소. 그들이 얼마에 권리를 사들였는가 알아보기도 했소. 그들은 내가 제시한 것보다 적은 금액으로 권리를 사들여 갔소. 십여 년을 광물 채광에만 힘써 온 이들 역시 마찬가지로 당했소. 그러한 장인들까지 어제 만들어진 사파 무리들에게 치이는 것을 보았을 때, 그저 우연이라고만은 생각이 들지 않소."

 "아미의 생각도 같아요. 시주를 하러 온 객들의 말을 들어 보면 그네들의 횡포가 이전보다 더 심각해진 것을 알 수 있어요. 물론 구대파의 영역 안에서는 최대한 자제를 하고 있는 듯 보입니다만, 우리 구파일방이 천하 각지를 모두 아우르고 있는 것은 아니니까요. 밖에서 벌어지는 일들이 결코 가볍지 않음을 느끼고 있습니다."

화산에 이어 점창, 아미까지 거들고 나서니 자리에는 반론할 이가 남지 않았다.

 "그럼 그네들의 숨은 목적이 무엇이란 말이오."

 광자가 물었다.

 "이전에 황궁에서 정병을 뽑는다며 각 문파에 관권들을 요구한 적이 있다 들었습니다. 그때와 같은 것이라 생각합니다."

 "그때와 같다니? 황궁에 대한 충성도를 보겠다는 것이란 말이오?"

 "예, 정확하게는 현 황명을 휘두를 수 있는 존재, 재상과 그 일파들에게 보이는 충성을 말하는 것이겠지요."

 "허, 이번 황명이 그로부터 나왔다 확신하는 게요?"

 광자의 말에 무기량의 눈이 홍개를 향했다. 다른 이들의 눈 역시 마찬가지였다. 그들은 잠자코 앉은 홍개를 보았다. 자리에서 가장 많은 이야기를 알고 있는 것이 홍개라 여겼기 때문이다.

 "나는…… 개방은 무기량 장문인의 말이 틀렸다 생각하지 않소. 분명 현재 황명을 내릴 수 있는 것은 황제의 최측근인 재상과 료장파 무리들 외에 없소. 더불어 나는 무 장문인의 생각에 한 개의 가지가 더 있다 생각하오.".

 "가지가 더 있다?"

홍개의 말에 자리한 이들의 고개가 갸웃거렸다. 그가 말하고자 하는 더 있다는 가지가 무엇인지가 짐작되지 않았다.

"무림에 대한 박해를 깔고 가려는 것이 아니겠소. 협력하면 협력하는 대로 목줄을 차는 것이 될 테고, 거부하면 거부하는 대로 핍박이 이어지겠지. 나아가 '양억'이라는 인물에 대해서 살펴보면 더 기가 막히지 않소."

"무엇이 말이오."

"양억이 어떠한 인물인지는 가늠키 힘드오. 솔직하게 말하면 나는 그와 친분이 적지 않소. 그럼에도 불구하고 그를 비호하지 못할 만큼 그는 종잡을 수 없는 인물이오. 하나, 정파에게 있어, 다른 민초들에게 있어 해악을 끼칠 인물은 아니라 단언할 수 있소."

"어찌 말이오."

"그것은 그의 지난 발자취만 보아도 알 수 있는 일이 아니오. 그가 염왕천을 부수고, 이제는 일월각을 부수고 있소. 이로 인해 정파가 받는 피해가 무엇이오."

"그건……."

홍개의 물음에 반론을 펴려던 이들이 말이 쏙 들어갔다. 받은 피해가 없기 때문이다.

"하지만 사파는 다르오. 사파는 현재 염왕천을 잃었고,

일월각을 잃어 가는 중이오. 이번 '양억' 역적모의 사건은 충성의 시험뿐만이 아니오. 궁지에 몰린 사파를 정파의 손으로 돕게 만들려는 계책이 깔려 있는 것이오."

"그 말 책임질 수 있소?"

단언하는 홍개의 향해 광자가 물었다.

"나는 지금까지 단 한 번도 내 말에 책임을 회피하려 한 적 없소. 이런 이야기가 나온 것은 그만한 이야기가 있기 때문이고 사실이 뒷받침되기 때문이오. 우리 솔직해집시다. 무림이라고 언제까지 성역처럼 여겨지는 일은 없을 것이오. 이미 난리는 났소. 사파는 양지로 기어 올라와 버젓이 장사판을 벌이고 이윤을 얻어 가고 있소. 세력 역시 마찬가지요. 돈에 울고 우는 것이 민생이오. 그들이 힘과 권력, 금력까지 손에 넣고 나면 정파의 위세가 언제까지 갈 수 있을 것이라 보십니까. 모든 것이 넘어간 정파는 결국 도태될 것이고 머지않아 사파의 손에 사그라질 거요."

"확대 해석이오. 정파의 뿌리는 단단하오! 정의가 있고 협이 있는 한 뿌리가 뽑혀 나갈 일은 없소! 개방 방주께서는 언행에 있어 불안을 야기하지 마시오. 우리는……."

"나는 그런 적 없어!"

모악의 말에 홍개가 소리쳐 말했다.

"눈이 있다면 보고 귀가 있다면 들으란 말이오! 내 말이 확대 해석일 것 같소? 소 잃고 외양간을 고칠 수는 없는 일이오. 직접들 생각하란 말이오. 나 홍개는, 우리 개방은 이번 일에 전적으로 참여치 않을 것이오. 두고 보시오. 이번 황명은 곧 흐지부지될 것이니 말이오."

홍개가 팔짱을 끼고 앉아 말했다. 그는 깊게 눈을 감고는 굳게 입을 다물었다.

"아아 대체…… 뭐가 어찌 되는 것인지…… 허허."

침묵에 휩싸인 정파인들의 자리가 무겁게 내려앉고 있었다.

\* \* \*

"역적? 반도라고?"

황궁으로부터 도착한 서찰에 일원의 얼굴에 웃음이 피었다. 적절한 대처다. 그를 역적으로 만들었으니 정사파를 막론하고 사람들이 몰려들 것이다. 곧 정규군이 파견되어 그를 추살할지도 모른다. 하지만…….

"그래 봐야 이미 늦지 않았는가."

일원은 해일처럼 밀려드는 전서들을 쳐다보며 중얼거렸다. 늦었다. 양억은 이미 코앞에 닿아 있었다. 다른 문파에서 증원을 받을 수도 정규군에게 도움을 요청할 수도 없었다.

"하아."

일원은 깊게 한숨을 내쉬었다. 밤새도록 방법을 강구해 보았다. 어찌하면 싸움을 피할 수 있을까. 일원은 종일 생각했다.

도망을 칠까 하는 생각도 해 보았다. 겁이 났다. 양억에 대해 알아 갈수록, 그에 대한 이야기가 모일수록 일원은 오금이 저려 왔다.

"각주. 어찌 그러시는 것이옵니까?"

모여 앉은 수뇌들이 물었다.

그들은 일월각의 고수들로 일원이 모아 키운 이들이었다.

"양억의 모습이 최근 골파에서 발견되었다더군."

"예, 염왕천과는 다른 모습을 보여 줄 것입니다. 우리 일월각의 이름을 드높일 때가 된 것이지요."

포진의 말에 일원이 고개를 끄덕여 답했다.

수뇌들은 잔뜩 들떠 있었다.

그네들은 양억을 손쉽게 처리할 수 있는 존재로 보고 있었다.

염왕천이 무너진 것도, 그의 손에 수많은 군소 분파가

쓰러진 것도 모두 요행으로만 여기고 있었다.

"절호의 기회가 아니겠습니까. 그를 잡는 것으로 일월각은 더 높은 명성을 쌓게 될 것입니다."

"허풍이든 아니든 그의 이름 옆에 붙은 것은 염왕천. 그만한 인물을 무너트리게 된다면 일월각의 이름은 숭산의 소림 못잖을 것입니다."

"끌끌끌. 각주의 소름끼치는 전략은 정말이지 기가 막힙니다."

수뇌들이 기쁘게 웃으며 말했다.

"아아, 뭐, 그렇지."

일원이 쓰게 웃으며 말했다. 오늘 모든 것이 끝날 것을 일원은 짐작하고 있었다.

양억이 일월각을 쫓은 지 한 달여.

일원은 발 빠르게 각내 입을 단속함과 동시에 사기가 떨어질까 봐 정보를 조작하기 시작했다. 이제 더는 양억이 누군지 알 필요도 없었다. 그가 본인인지, 아니면 지인인지, 다른 배후가 있는지도 중요하지 않아졌다.

양억에 대해서 제대로 알게 두면 안 된다!

오로지 그것뿐이었다.

일원은 그렇게 강박증에 시달리고 있었다. 처음부터 치

부를 드러내면 좋았을 것을…… 숨긴 것이 화근이 되었다. 가지고 있던 모든 것이 모래성처럼 허물어졌다. 자신의 죄가 드러날 것이 두려워 숨기던 것이 시간이 지날수록 다른 이유로 번져 갔다. 일원은 양억에 대해 알아 갈수록 거짓말 같은 이야기에 미칠 것만 같았다.

"동창에게서 돌아왔습니다. 명령 제대로 지키지 못해 죄송합니다."

거지꼴로 돌아온 첩혈마의 말에 일원은 머리가 멍해짐을 느꼈다.

동창은, 아니, 영공은 일원의 움직임을 예측하고 있었다. 그들은 자신들을 쫓은 첩혈마를 벌주지 않았다. 오히려 그를 품어 동창들과 함께 정보를 수집케 하였다. 자신들이 가진 것을 그대로 드러내 보여 주었다.

첩혈마는 그렇게 동창들의 손에 걸러지지 않은 정보들을 보았다. 그것이 전부였다. 험한 일을 하지도, 제 스스로 정보를 모으려 하지도 않았다. 그는 그저 앉아 전서구가 물어다 주는 정보를 읽고 머리에 담았다.

그리고 폐인이 되었다.

양억.

그 인물에 대해 알아가는 것만으로 첩혈마는 폐인이 되

어 버린 것이다.

"도망쳐야 합니다!"

일원과의 독대 중 반쯤 미친 첩혈마가 말했다. 그는 묻지도 않은 이야기를 줄줄줄 늘어놓았다. 대부분이 양억에 대한 이야기였으나, 논지는 한결같았다.

강하다, 강하다, 강하다.

첩혈마는 줄기차게 말했다. 양억이 왜 강한지, 양억이 어떻게 강한지, 양억이 누구를 죽이고 밟아 놓았는지 몇 번이고 이야기했다.

"마음을 추스르고 본래의 모습을 찾게."

일원이 애써 타일러 말했다. 이전 기억 속 강직했던 첩혈마의 모습은 조금도 남아 있지 않았다. 눈앞의 인물은 첩혈마와 같은 인두겁을 뒤집어쓴 다른 사람 같았다.

"각주! 도망치는 것만이 살길입니다. 아니면 황궁에 맡겨야 합니다. 다른 사파인들도 모으고 힘을……."

"그대는 자존심도 모두 버리고 왔는가!"

일원이 호통을 쳐 말했다.

"자존심이 중요한 것이 아닙니다. 지금은 그 괴물을 잡아 멈추는 게 우선입니다. 일원각을 위하라고 하지 않으셨습니까. 그렇기에 이야기하는 것입니다. 이대로라면 각은 멸문당할 것입니다!"

"허……."

일원은 점점 격해지는 첩혈마를 술로 달래 재우고는 그대로 번뇌동에 가둬 입을 막았다. 첩혈마의 외침은 번뇌동의 쇠창살 앞에서 사그라졌다. 일원은 착잡한 마음으로 사그라지는 첩혈마를 보았다.

"어쩔 수 없는 일이다."

다짐하듯 말했다. 첩혈마의 입을 타고 각에 불안이 번질 것을 대비한 어쩔 수 없는 일이라고 생각했다.

"후우."

일원은 깊은 한숨을 내쉬었다.

전략을 위해 모인 수뇌들을 모두 물렸다. 황궁에서 사자가 찾아왔기 때문이다.

"재상께서 그리 말씀하시던가."

일원의 말에 복면인이 고개를 끄덕여 답했다. 그는 칠흑같이 어두운 눈으로 실의에 빠진 일원을 보았다.

"가족들을 돌봐 주신다니 다행이군. 그래, 그럼 앞으로 내 죽음은 그럼 어찌 되는 것인가."

"무림이 아닌 역사에 남게 되실 겁니다."

"내 이름이 말인가."

"예, 재상께서는 영원한 삶을 준비해 두고 계십니다."

일원은 복면인의 말에 웃었다.

영원한 삶이라.

터무니없는 소리지만, 나쁜 마음은 들지 않았다. 양억을 알게 된 한 달 동안, 일원의 마음은 숱한 난장(亂場)을 넘어 평정에 이르러 있었다.

"재상께 고맙다는 말 전해 주게. 그리고 가족들도 부탁함세."

복면인은 일원의 말에 고개를 끄덕이고는 연기처럼 사라졌다.

"참 재미있는 기분이구나."

일원이 동경에 비친 얼굴을 쳐다보며 중얼거렸다. 눈을 감아도 보이고 귀를 막아도 들렸다. 첩혈마를 가뒀을 때부터, 아니, 첩혈마의 말을 들었을 때부터 그랬다. 일원의 가슴에는 지워지지 않을 두려움이 자리 잡고 있었다.

'죽는다.'

일원은 매일같이 생각했다. 자신의 손으로 막은 이야기에 흥에 겨운 수하들과 달리, 그는 하루가 다르게 메말라 갔다. 고통 속에서 눈을 뜨고 고통 속에서 눈을 감았다. 그렇게 다시 보름, 양억이 골파에 나타났을 즈음에는 두려우면서도, 한편으로는 마음이 편안해짐을 느꼈다.

"그래. 죄라면 받아야겠지."

양억이 마을 어귀에 나타날 즈음, 일원의 얼굴은 오히려 맑아져 있었다. 두려움마저 가시는 듯했다.

"오늘 나는 역사에 남을 전설이 될 것이다."

관원들을 향해 나아가는 일원의 얼굴로 정광이 흘렀다.

\* \* \*

쿵, 쾅, 쿵, 쾅.

양억은 귀까지 울리는 심장 소리를 들었다.

일원.

십여 년 동안 단 한 번도 잊어 본 적 없는 놈의 얼굴이 가슴을 때렸다. 말문이 막히고 눈앞의 모든 것이 하얗게 탈색되어 사라졌다.

"못 알아보겠군."

일원이 말했다.

이미 피바다로 변한 일월각은 깊은 침묵 속에 빠져 있었다. 성을 지키던 수십의 사수들도, 검을 들고 매복하던 괴인들도 누구 하나 남지 않았다. 두텁게 쌓은 성을 허물 듯 저택을 부수어 쳐들어온 양억은 화신처럼 보였다.

"그대…… 로군. 잊지…… 않았다……."

양억이 목소리에 일원은 심장이 얼어붙는 것만 같았다.

가슴이 떨리고 몸이 떨려왔다.

　죽는다.

　일원은 양억의 눈에서 피할 수 없는 죽음을 느꼈다.

　"후우."

　그럼에도 불구하고 일원은 도망치거나 물러서지 않았다.

　그는 말없이 검을 들었다. 싸움을 획책한 관원들이 그러했듯 일원은 마지막 일전을 준비하였다.

　"그……날을…… 기억하는가."

　양억이 물었다.

　움켜쥔 주먹 사이로 붉은 핏물이 뚝뚝 떨어져 흘렀다.

　"기억한다."

　일원이 말했다. 그는 한결 가벼워진 얼굴로 양억의 앞에 섰다.

　"그날의 죄가 깊었음을 인정한다. 그리고 사죄한다."

　"사……죄?"

　"그래, 내 목숨으로 족하다면 주겠다. 이 목, 가져가라."

　양억은 깨달음을 얻은 승려처럼 초탈하게 나서는 일원을 보았다.

　말문이 막혀 왔다. 어안이 벙벙해지고 미친 듯 뛰던 심장이 차갑게 식었다.

"지금…… 무슨 말을 하는…… 것이냐?"

"내 죄를 단죄하라 말하고 있다."

"단……죄?"

"나는 네 삶을 망쳐 놓았다. 지금의 너를 이러한 괴물로 만든 것이 나임을 부정치 않는다. 그렇기에 말하는 것이다. 죽여라. 네가 말하는 천벌 기꺼이 받겠다."

한 걸음 나서 말하는 일원의 말에 양억의 두 발이 휘청거렸다. 복수에 나서 단 한 번도 물러선 적 없던 걸음이 비틀거림 속에 물러섰다.

"네놈이…… 네놈이……!"

양억의 얼굴이 붉게 물들었다. 충혈된 두 눈으로 피눈물이 쏟아져 내렸다.

"죄를 인정한다고? 죽겠다고?"

양억은 바람처럼 달려들어 우두커니 선 일원의 멱살을 잡아들었다.

"가, 각주님을 내려놓아라! 이 괴물!"

부서진 저택 사이로 몸을 숨기고 있던 누군가 소리쳤다. 그는 잔뜩 겁을 집어 먹은 얼굴로 검을 쥐고 달려들었다.

양억은 겁에 질린 사내를 똑바로 쳐다보며 가차 없이

밟아 죽였다.

"콰드득!"

뼈마디가 부서지는 소리와 함께 핏물이 튀었다.

죽음.

일원은 볼에 튄 핏물에 뜨거움에 가슴이 철렁 내려앉았다. 양억의 발에 으깨어진 시체는 차마 쳐다볼 수 없을 만큼 참혹했다.

"사, 상대도 되지 않는 이가 아니더냐!"

일원이 소리쳤다.

"패배를 시인했다. 내 목숨을 가져가라 말했다! 그런데 어째서…… 어째서! 다른 이들을 살려 줄 수도 있지 않느냐!"

"지금 무슨…… 말을 하는 거야. 너는 지금…… 무슨 말을 하려는 거야!"

양억은 손에 힘이 실렸다.

"내 목숨으로……."

양억은 다시금 입을 떼려는 일원을 힘껏 내던졌다.

쾅!

커다란 소리와 함께 내던져진 일원의 몸이 저택을 부수고 처박혔다. 깨진 기왓장과 부서진 벽이 흙먼지를 피워 올렸다.

"무슨, 헛소리를…… 하는 거냐. 살려 줘? 누구를…… 누구를!"

소리치는 양억의 몸이 쏜살같이 흙먼지를 꿰뚫었다. 그는 던져져 정신을 차리지 못하는 일원의 몸을 붙잡아 다시금 바닥으로 내던졌다.

"커억!"

바닥으로 내동댕이쳐진 일원의 입으로 핏물이 쏟아져 흘렀다. 있는 힘을 다해 자세를 다잡으려 하였으나, 일원은 쏟아지는 힘을 견디지 못했다.

콰앙!

일원은 그렇게 몇 번을 흙먼지를 일으키며 뒹굴었다. 온몸의 기운이 진탕돼 뒤틀린 기운이 날뛰었다.

"미, 미친 괴물……!"

전의를 상실한 채 널브러져 있던 관원들이 소리쳤다. 그네들은 다 죽어 가는 몸을 일으켜 섰다. 자신의 패배를 승복하고 자비를 구하는 일원을 무자비하게 짓밟는 양억의 모습에 마지막 힘을 쥐어짰다.

"각주님을!"

누군가 채 자세를 갖추고 나서기도 전에 비틀거리는 몸 위로 저택의 외벽이 틀어박혔다.

퍽!

피가 튀었다. 외벽에 찌부러진 몸이 피떡이 되어 사방으로 비산했다.

"으, 으아아아······."

양억은 그렇게 일원을 향해 일어서려는 관원들의 마지막 한 줄기 저항마저 꺾어 밟았다.

"아, 악마 같은······ 놈."

일원이 비틀거리는 몸을 일으켜 말했다. 그의 얼굴은 공포와 고통에 일그러져 있었다.

"네놈에게는······ 관용도 없······느냐?"

"없······다······ 네놈들에게······ 만큼은······ 없다!"

콰릉!

내지르는 양억의 목소리가 천둥처럼 도시를 꿰뚫었다. 목소리는 무형의 화살처럼 소리를 듣는 모든 이들을 공포에 빠트렸다.

"왜······ 네놈에게 관용을······ 베풀어야 하지? 네놈은······ 아이들이······ 살려 달라······ 말할 때 그 아이들을 보았나? 살려 주었나?"

"나, 나는······."

와락!

양억은 고개 돌려 자신을 외면하려는 일원을 잡아 들었다. 그러고는 턱을 잡아 돌아선 고개를 바로 세웠다.

"내…… 눈에는…… 아이들이…… 있다. 불에 타들어 가는 달기만이 보인다. 그날부터 나는…… 부처도…… 자비도…… 관용……도 모두…… 잃었다."

일원은 양억의 두 눈으로 쏟아지는 피눈물을 보았다. 붉게 충혈된 눈에 비친 자신의 얼굴에서 지난날을 보았다.

손에 쥐었던 칼이, 아들을 베어 넘기던 감촉과 도망치는 여인의 옷고름을 찢던 손길. 그 모든 것이 양억의 눈에 비춰져 생생하게 떠올랐다.

"으, 으아아아……."

양억의 손에 붙잡힌 일원의 몸이 바들바들 떨려왔다. 그의 귀에는 들리지 않은 소리가, 눈에는 볼 수 없는 것들이 비춰졌다. 목숨을 내건 각오가, 죽음 앞의 평온이 산산이 깨어져 가고 있었다.

"이, 이익!"

일원은 턱을 잡은 양억의 손을 걷어찼다. 있는 힘을 다해 몸을 비집어 빼고는 주변에 버려진 검을 쥐어 들었다.

극한의 공포 속에서 삶에 대한 욕구가 타올랐다. 죽음에 대한 두려움에 심장이 요동치는 그 순간 일원의 머릿속은 오로지 본능만이 싹을 틔웠다.

"그래…… 이것이…… 네놈들이지……."

양억은 발버둥치는 일원을 가만히 보았다. 일원은 호흡을 가다듬고는 손에 쥔 검을 뻗었다. 검날로 맺힌 기운이 핏빛처럼 새빨갛게 일렁였다.

쐐액!

검에서 피어오른 기운이 바람을 잘라 먹었다. 뱀의 혀처럼 검날에서 뻗어 나온 기운은 삽시간에 양억의 몸을 스치고 지나갔다.

좌좌좌좍!

양억의 몸을 휘감은 기운을 느끼며 발을 굴렀다.

쿵!

지진이라도 난 듯 땅이 울렸다. 양억의 몸을 휘감은 기운이 한순간 바람처럼 찢겨 사라졌다.

"스스로…… 용서하고…… 스스로 만족하고…… 스스로…… 죄를 씻을 수 있을 것 같나?"

콰득!

양억이 일원을 향해 설어가며 말했다.

"히, 히익!"

다가서는 양억의 모습에 일원의 얼굴이 하얗게 질렸다. 일월각주로서의 근엄했던 모습은 모두 사라지고 없었다. 죽음에 초연했던 모습도 없었다. 남은 것이라고는 삶에 대한 열망과 죽음에 대한 공포뿐이었다.

파계승(破戒僧) 217

"이…… 이…… 악마 같은 놈!"

양억은 가슴을 향해 날아드는 검을 잡아 쥐었다. 시뻘건 칼날이 손아귀를 파고들어 와 살가죽을 베었다. 아니, 베는 듯했다. 양억의 손아귀에 잡힌 검은 얼음 조각처럼 산산이 바스러졌다.

"네게…… 베풀 관용은…… 없다…….'

양억의 두 볼 위로 흐르던 피눈물이 멈췄다.

第八章

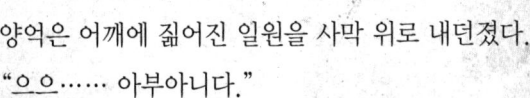

양억은 어깨에 짊어진 일원을 사막 위로 내던졌다.

"으으…… 아부아니다."

알 수 없는 소리가 일원의 입에서 흘러나왔다. 양억은 대답 없이 걸음을 돌렸다.

"아부아니다!"

일원은 뜨거운 태양 아래 지렁이처럼 기며 소리쳤다. 일원은 그렇게 두 팔다리와 혀, 눈, 그 모든 것을 잃고 생지옥에 떨어졌다.

\* \* \*

양억은 누군가의 기척에 걸음을 멈췄다. 주위를 둘러보았으나 무엇도 보이지 않았다. 사막, 사람의 그림자 하나 보이지 않는 허허벌판뿐이었다. 그럼에도 불구하고 느껴지는 축축한 시선은 양억을 따라 다녔다.

꽈악!

양억은 다시금 느껴지는 시선에 주먹을 움켜쥐고는 크게 발을 굴렀다.

쿵!

발 구름에 양억이 딛고 선 높게 쌓인 모래 언덕이 허물어지기 시작했다.

순간, "오!" 하는 놀람의 목소리와 함께 무너지는 모래 언덕 뒤로 그림자가 스쳤다. 양억은 쏘아져 나가는 그림자를 쫓았다. 눈에 비치지도 않을 만큼 빠른 그것을 잡았다 느낄 즈음, 퍽! 가슴이 울렸다.

"아?"

달려 나가던 양억의 몸이 허공으로 떠올라 모래 속으로 처박혔다. 육중한 타격이 가슴에 저릿하게 남았다.

'격공장?'

양억은 얻어맞은 가슴을 헤아릴 겨를도 없이 미지의 힘에 휘말려 들었다. 사방에서 바람이 휘몰아치는가 싶더니 곧 양억의 몸을 허공으로 띄워 올렸다.

용권풍!

양억의 입이 쩍 벌어졌다. 하늘로 회전하며 치솟은 바람은 양억의 몸뿐만이 아닌, 그가 쳐박혀 있던 모래 산까지 통째로 들어 올렸다.

쇄아아악!

함께 떠오른 모래들이 바늘처럼 양억의 온몸을 때렸다.

"이익!"

양억은 이를 악물었다. 검기, 검강, 수많은 도검에도 생채기 하나 없던 몸이 삽시간에 피범벅이 되었다.

'대체……'

양억은 처음 느껴보는 격통에 이를 악물었다. 모래 알갱이들이 온몸에 틀어박혀 붉은 핏물과 함께 들러붙었다.

"크악!"

고통에 찬 양억의 얼굴이 일그러졌다. 피에 달라붙은 모래들은 아무리 털어도 떨어지지가 않았다. 오히려 모이고 뭉쳐 양억의 몸을 관처럼 감쌌다. 호신강기를 펼쳐 보았으나 아무런 소용이 없었다. 모래들은 호신강기를 파고들었다.

"크륵!"

입과 귀, 눈과 코, 칠공이 모래로 막혔다. 더는 고통에 찬 소리도 일그러진 양억의 얼굴도 볼 수가 없었다. 용권풍 속에는 거대하게 뭉쳐진 모래만이 둥실 떠올라 있었다.

쿵!

하늘을 꿰뚫듯 치솟아 올랐던 바람이 멎고, 거대하게 뭉쳐진 모래 더미가 떨어졌다. 피에 젖어 검붉게 변한 그것은 미동도 없었다.

숨소리도, 신음 소리도 없는 자리.

모래 위로 처박힌 그것의 앞으로 그림자 하나가 날아와 앉았다. 그림자는 모래관을 한 바퀴 빙글 둘러보고는 낮은 웃음을 흘렸다.

"끌끌끌!"

가래가 끓는 듯한 웃음소리가 사막을 울렸다. 뜨거운 햇빛이 모래관을 스쳤다. 그림자를 두르고 선 사내는 가만히 모래관을 쳐다보고는 허리춤의 목탁을 꺼내어 들었다.

탁, 탁, 탁.

따가운 소리에 때문일까?

한순간 단단히 뭉친 모래관이 바스러지기 시작했다.

우직, 우직!

삽시간에 허물어지기 시작한 모래 관에 지켜보고 있던 괴승이 놀라 걸음을 물렸다.

"이렇게 무너질 것이 아닌데?"

괴승이 무너지기 시작한 모래관에 놀라 혼잣말을 내뱉는 순간, 퍽! 하는 소리와 함께 모래 밖으로 거대한 주먹이 튀어 나왔다. 그것은 무너지기 시작한 모래 더미들을 한순간에 부숴 바스러트리고는 모래 안으로 파묻힌 몸을 일으켜 세웠다.

"크악!"

내뱉는 소리와 함께 검붉은 모래들이 양억의 입 밖으로 튀어나왔다. 입뿐만이 아니다. 코와 귀에서도 붉은 핏물과 함께 모래들이 쏟아져 나왔다.

보고도 믿기 힘든 기괴한 모습.

"오!"

괴승은 걸어 나오는 양억의 모습에 놀란 눈을 부릅떴다.

"혼을 꺼내려 친 목탁이 산 망자를 꺼내 올 것이라고는 생각지 못했군."

"너는…… 누구냐."

양억이 얼굴의 모래들을 털고 일어나 물었다. 거칠게 숨을 내쉬는 양억의 눈에 살의가 맺혔다.

"말이 필요한가?"

양억은 어깨를 으쓱여 말하는 괴승을 쳐다보며 주먹을 움켜쥐었다. 말하는 것이 누군가들을 떠올리게 만들었다.

파계승(破戒僧) 225

"포경청이 보냈더냐!"

괴성을 내지르며 달렸다.

팡!

공기를 울리는 파공음과 함께 양억의 주먹이 괴승을 향해 뻗었다. 주먹은 섬전처럼 허공을 꿰뚫어 단박에 괴승과의 거리를 삼켰다.

태산도 가를 만큼 거대한 힘!

양억은 우두커니 선 괴승의 몸을 짓뭉갤 심산이었다.

한데.

팍!

귀를 간질이는 나지막한 소리가 울렸다. 섬전처럼 뻗어나간 양억의 주먹은 괴승의 코앞에서 멈춰 서 더 나아가지 못했다. 폭발도 파공음도 없었다.

으득!

양억은 이해가 가지 않는 상황에 이를 악물었다. 그러고는 인정사정없이 권각을 뻗어 괴승을 무작위로 공격하기 시작했다.

파바바방!

쇠뇌처럼 뻗어 나가는 권각이 호쾌한 소리와 함께 괴승을 향해 날아들었다. 괴승은 삽시간에 사방을 휘감으며 들어오는 권각을 쳐다보며 나지막이 염을 외웠다.

"옴사다 사바하······."

파파파팍!

양억은 주먹을 밀어내는 기괴한 기운에 이를 악물었다. 알 수가 없었다. 이해할 수가 없었다. 권각은 괴승의 몸에 닿지도 못했다. 수많은 적을 피 떡으로 만들어 놓았던 권각이 마치 솜털처럼 변하여 괴승의 앞에서 멈춰 섰다.

"대체······ 무슨 짓이냐?"

"아무래도 보이지 않는 모양이군."

괴승이 말했다.

"지금 죽이는 것도 나쁘지 않겠지만 그래서야 내가 나아갈 수가 없으니 말이야. 좀 더 성장해 주었으면 좋겠는데."

"무슨······ 소리를······ 하는······."

괴승은 더듬거리는 양억의 말에 주먹을 쥔 채 멈춰 선 양억의 머리를 두드렸다.

"강해지란 소리다. 적어도 지금의 나만큼."

양억은 슬며시 손을 들어 올리는 괴승을 보았다. 괴승은 말없이 들어 올린 손가락을 접었다. 그러고는 엄지를 축으로 삼고 접어 넣은 중지를 퉁겼다.

"무슨······."

쩡!

한순간 튕겨진 괴승의 손가락으로부터 걷잡을 수 없을 만큼 거대한 기운이 뻗어 나왔다. 양억은 미간을 때리는 기운에 십여 장을 튕겨나가 사구에 처박혔다.

"법력을 잃은 중원 무림은 이렇게 되었군."

양억을 향해 떠들던 괴승의 몸이 신기루처럼 사라졌다.

\* \* \*

사천당문의 모처에 불이 꺼졌다.

밤에도 빛이 머문다는 사천당문답지 않은 일에 호사가들의 입이 바빠졌다. 비밀리에 무언가를 만들고 있다는 소문이 자자하게 돌았지만, 사천당문은 소문 따위에 관심을 두지 않았다. 호사가들의 소문보다 수십 배는 더 중한 손님이 찾았기 때문이다.

"그만한 인물이 있단 말이냐."

당사독이 이황자 태무츠칸의 말에 깊게 고개를 조아리며 답했다.

"믿기 힘드시겠지만 사실입니다."

"그렇군. 하긴 자네가 내게 거짓을 고할 리 없지."

"예, 어찌 거짓을 고하겠습니까."

당사독의 말에 태무츠칸이 고개를 끄덕였다.

"재미있는 이야기이고 자네가 거짓을 말하지 않음을 알고 있음에도 말이야. 의심스럽단 말이지."

"무엇이 말입니까."

"양억이라는 인물의 행동이 말이야. 수상해."

태무츠칸이 팔짱을 끼며 말했다. 분명 당사독의 말은 귀가 솔깃해지는 부분이 있었다. 하지만 허풍이라고 해도 좋을 만큼 황당한 이야기, 그것이 문제였다.

"그 양억이라는 인물이 믿을 만은 한가? 신분이 보증 가능한지 궁금하군. 신원 불명이라는 말이 쉽게 나지 않는 법이거든."

"솔직히 고하자면 출신 성분이 뚜렷한 인물은 분명 아닙니다. 낭인에 가깝습니다."

"하지만 그래도 믿을 만하다 이것인가?"

태무츠칸의 얼굴에서 웃음이 사라졌다.

당사독은 진지해진 태무츠칸을 한 번 올려다보고는 깊게 고개 숙이며 말했다.

"당문의 가솔들만큼이나 믿음이 갑니다."

"호오라. 신비롭군. 그대를 이리 홀려 놓은 인물을 직접 만나 보고 싶긴 한데…… 역도라는 허울이 씌워져 있으니 번거롭군."

"그 허울을 걷어 주실 수는 없겠습니까. 그에게 그러한 허울을 씌운 것은······."

"아아, 료장파의 이윤걸이라는 자더군."

"일에 대해 알고 계셨습니까?"

"역도라는 이름으로 범죄자 추살령이 내려졌으니 모르는 것이 더 신기한 일. 황궁에서 일어나는 일에 대해 모르는 것은 없다. 아니, 적어도 표면적인 일에서는 말이다."

태무츠칸이 웃으며 말했다.

"사실 적잖게 궁금하던 차였지. 그가 어떠한 인물이기에 역적으로 몰아 추살령을 내렸을까 하고 말이야."

"무림의 사파 세력 둘을 단신으로 쳐부쉈습니다. 그리고 그 둘은 모두 재상 포경청의 수족들이었지요."

"수족을 잃은 복수라. 흠, 그러기에는 너무 과해."

"다른 수족들도 잃을 수 있기 때문이 아니겠습니까."

당사독이 고개를 들어 말했다.

"그리 말하면 가늠이 안 돼. 그의 수족이 무림 집단이라고만 생각하는가. 아니야. 꼬맹이 손을 빌리는 정도에 불과해. 그의 진정한 힘은 정병이고 료장파의 장군들이다."

"알고 있습니다. 하지만 그들이 가진 사파의 힘을 얕보아서는 아니 됩니다. 쉽게 설명을 드리자면······."

"드리자면?"

"말씀드린 양억이라는 자는 홀로 사천당문 셋을 멸하였

다 생각하시면 됩니다."

당사독의 말에 태무츠칸의 눈이 커졌다.

"그가 멸문 시킨 사파 집단이 사천당문 셋을 합한 규모란 말이냐."

"규모로 따지자면 그 이상이 되겠지요. 잘 조련된 검수들만 수백에서 수천에 이를 테니까요."

"터무니없는 숫자로군."

"하지만 그것이 사실입니다."

"황제의 군사 외에 그만한 병사들을 모으는 것은 반란이다."

"병사가 아니니까요."

당사독의 말에 태무츠칸이 고개를 저었다. 수가 몇이냐를 놓고 떠들 이유가 없었기 때문이다.

"여하튼 간에 내가 아는 그대의 모습과 달라 놀랍군. 그대의 가문이 언제고 으뜸이라 생각지 않았던가. 사내 하나를 자신의 가문보다 높이 둘 것이라고는 생각지 않았는데 말이야."

"그가 사천당문보다 우위에 있다 생각하는 것은 아닙니다. 다만, 무력에 있어서만큼은 천외천이라. 하늘 위에는 언제고 하늘이 있음을 모르지 않습니다. 우리 가문이 사천 땅 제일이라고 하나 태산북두라는 소림과 천하 개방이라는 개방을 어찌 넘을 수 있겠습니까."

"하나, 그와 같은 광오함을 가진 것이 그대라 생각했다."

"객관적인 눈을 기르는 것이 장문의 첫 일이니까요."

태무츠칸은 찻물을 들이키는 당사독을 빤히 보았다. 지금까지 태무츠칸에게 당사독은 오만한 구석이 많은 인물이었다. 이렇게 자신을 스스로 낮추는 것을 본 적이 없었다.

그 어떠한 생명체에게도 물러서지 않고 고개를 빳빳하게 치켜드는 독사.

태무츠칸은 당사독을 그리 평가하고 있었다.

"그가 그리 대단하단 말인가."

"정병 일만이 모여도 그에게 조그만 생채기 하나 내지 못할 것입니다."

"놀랍군. 관운장과 같다는 말이냐."

당사독은 대답 없이 웃었다.

"어찌 신이 된 관운장과 비견할 수 있겠습니까? 다만, 저는 그리 생각합니다. 개미 천 마리가 코끼리를 물어 죽일 수 있겠습니까."

"평이 후하다 못해 과장된 것 같군. 그대가 그리 생각한다면…… 허튼 인물은 아니겠군."

"예, 그렇기에 그를 역도로 몰아 베려는 것이겠지요."
당사독은 소매 속에 감추어 둔 서찰을 꺼내어 건넸다.
"이것이 무엇이냐."
"얼마 전 황궁에서 내려온 밀지이옵니다."
"황궁에서?"
태무츠칸은 대답 없이 고개를 끄덕이는 당사독을 힐끔 쳐다보고는 잽싸게 서찰을 집어 들었다.
"설마 네놈이……."
"우려하시는 것은 결코 아닙니다. 그것은 일방적으로 황궁에서 내려보낸 것이옵니다."
"누가 말이냐."
"직접 읽어 보소서."
당사독이 성을 내는 태무츠칸을 향해 고개를 조아리며 말했다. 태무츠칸은 얼굴을 찡그리며 손에 쥔 서찰을 펼쳐서 읽었다.
"이것이 대체…… 무엇이냐?"
"척살령이옵니다."
"그것을 몰라 묻는 것이 아니다. 각지에 붙은 방이 아니더냐! 내가 물어보는 것은 누가 내린 척살령이냐는 것이다!"
태무츠칸의 목소리가 높아졌다.

파계승(破戒僧) 233

다른 것 때문이 아니다.

당사독이 꺼내 놓은 서찰 위로 선명하게 찍힌 옥새, 바로 그것 때문이었다.

"황명. 밀지를 건넨 사신은 그리 말하였습니다."

"뭐라? 황명? 이런 쳐 죽일 놈들이!"

태무츠칸이 자리를 박차고 일어서 소리쳤다. 분노로 떨리는 눈에 섬뜩한 광기가 들었다.

옥새가 누구의 것인가.

나라의 것이고 황제의 상징이다.

한데 그러한 상징을 무림으로 보내는 밀지 따위에 찍어 넣은 게다.

"황제의 생사를 감춘 채, 뒤꽁무니로 이따위 짓거리를 벌이고 있단 말이냐. 옥새를…… 나라를 이따위 종잇장에 찍어 넘겨?"

파삭!

태무츠칸의 손에 쥐어진 서찰이 갈가리 찢겨 흩날렸다.

"그대는 당장 빠른 말을 준비하라. 황궁에 가야겠다."

당문을 나서는 태무츠칸의 얼굴에 귀기가 서렸다.

\*　　　\*　　　\*

해가 진 사막의 한기가 양억의 몸을 휘감았다. 양억은 멍하니 섰다. 사방에서 스며드는 한기가 몸을 삼켰다.

졌다.

아니, 농락을 당했다.

빠드득! 빠드득!

생각만으로 분이 치밀어 올랐다. 무엇보다 짜증이 나는 것은 상대가 누구인지 어떻게 된 일인지조차 알 수 없었다는 것이었다.

"크악!"

양억은 소리를 내질렀다.

멍하게 늘어서 있던 머릿속으로 불꽃이 튀었다. 정신을 차릴 수가 없었다. 아무리 생각을 해 보아도 답이 나지 않았다. 적인 것은 틀림이 없었다. 아니, 사실 그것조차 모호하다. 그는 다짜고짜 덤벼들었고, 싸울 이유를 물을 것도 없이 싸웠다.

하지만 끝을 보지 않았다.

거기까지였다.

남아 있는 것이라고는 가슴이 터질 듯한 짜증과 패배감.

졌다.

단 한 번의 공격도 제대로 펼쳐 보지 못하고 철저하게 졌다. 숭산에서 사슬에 걸려 쓰러졌을 때도 지금과 같은 패배감은 느껴지지 않았다. 북해에서 역시 마찬가지다.

"으아아아악!"

양억의 입으로 짜증이 터져 나왔다. 사막을 울리는 목소리가 하늘을 찢을 듯 높이 울려 퍼졌다.

"완전히 미쳤군."

그 때였다.

양억의 귀로 거슬리는 목소리가 들려왔다. 양억은 말을 꺼낼 것도 없이 권을 뻗었다. 생각이라는 것을 할 겨를이 없었다.

쩡!

권이 스친 사막으로 얼음이 내리깔렸다. 쏟아지는 한기에 사막 위로 서리가 끼었다.

"싸, 싸우려고 온 것이 아니야. 이번에는 정말로."

권을 피해 숨은 이가 말했다.

"이번에는?"

양억은 들려오는 목소리에 얼굴을 구겼다. 내뻗던 주먹을 멈췄다. 상대가 아무런 기운을 품지 않았고, 거슬리는 목소리는 아무리 기억을 더듬어 보아도 기억이 나지 않았기 때문이다.

"신교. 신교의 천장강이다."

양억의 표정에 숨어 지켜보던 천장강이 말했다.

양억이 자신을 기억치 못함을 깨달은 게다. 그는 옷에 낀 서리를 털어 내고는 조심스레 나서 양억의 눈치를 살폈다.

"그때는 미안하게 되었다. 불쑥 찾아 성질만 돋웠어. 하지만 오늘은 달라. 이야기를 할 수 있을 거야."

"할 말이 없을 것 같은데."

"그러니까. 상부상조라고 해야 하나 어쨌든 이번에는 그냥 일방적인 말을 하지 않아도 될 거란 말이지. 그 괴승, 누군지 알고 싶지 않아?"

천장강의 말에 양억의 눈썹이 꿈틀거렸다.

"마교의 종자냐?"

눌러 놓은 살기가 다시금 피어올랐다.

"아, 아니야!"

쏟아지는 살기에 천장강이 다급히 소리쳤다.

"그럼 누구지?"

"그, 그건 지금 당장 말해 줄 수가 없어. 하지만 확실해. 그에 대해서는 우리보다 잘 아는 이도 없을 거야. 개방이건 어디건 간에 중원 무림에서는 그를 몰라. 알 수가 없지."

"그게 무슨 말이지?"

"예컨대 그는 중원 무림의 사람이 아니라는 소리야. 우리네들의 숙적이거든."

"숙적?"

천장강은 자신의 말에 귀를 기울이는 양억을 보았다.

됐다.

이번에는 무언가 풀려 가는 듯싶었다. 이전과 다르게 거드름을 피우지 않고 어깨에 힘을 빼고 말한 것이 주효했다 생각했다.

"듣고 싶다면 같이 가 줘. 그의 표적은 네가 된 듯하고. 우리는 정보가 있어. 그리고 또 듣고 싶은 말도 있고. 교주께서 데려오라 하였거든. 이야기를 들려줄 테니 같이 가지 않겠어? 입도하라는 건 아니야. 그저 이야기를 나누자는 거지."

양억은 횡설수설하는 천장강을 보았다. 그는 채 추리지도 못한 말을 길게 늘어놓고는 자신만만한 얼굴로 팔짱을 끼고 서 있었다.

"나만큼이나 말을 못하는군."

"아니, 원래는 말을 잘하는데, 상황이 좀 그래서 그렇군. 어쨌든 같이 가 줘. 아차! 아니지, 같이 가 주십시오. 교주께서 만나 뵙기를 청하십니다."

뒤늦게 천장강이 경어를 섞어 말했다.

양억은 포권하며 걸음을 청하는 천장강을 쳐다보고는 뿜어내던 한기를 거뒀다.

"하지만, 싫군. 그러한 곳에 함부로 갈 이유가 내게는 없다."

"무슨 걱정을 하는지 알아. 하지만 신교는 손님에게 위해를 가하지 않는다. 이전의 일도 있고 단박에 믿으라고 할 수는 없겠지. 하지만, 교주님을 걸고 맹세할 수 있어. 우리는 결코 그대에게 어떠한 위해도, 압박도 가하지 않아. 아니, 않을 겁니다."

"흠."

양억은 말을 늘어놓는 천장강을 유심히 보았다. 무엇이 그리 절박한지 그의 몸은 안달감에 떨리고 있었다.

가도 좋을까?

양억은 생각했다. 아니, 생각하는 척했다. 사실 답은 천장강이 괴승의 이야기를 늘어놨을 때부터 정해져 있었다.

"좋다. 가지."

"진심이오? 아니, 이십니까?"

"간다 했소."

천장강을 향해 걸음을 떼는 양억의 눈 속에 결단이 섰다.

\* \* \*

　양억은 천장강과의 기묘한 동행이 지루했다.
　천산으로 향하는 길은 미로 같았고 천장강은 말이 없었다. 그를 따르는 그림자들 역시 그러했다.
　모두가 조용했다.
　이야기를 나눌 것이 없었고, 무엇보다 말을 할 수 있는 자격이 부여된 것은 천장강 하나였다.
　"자꾸 돌아가는 것 같은데?"
　세 번째 기괴한 석산을 지날 때쯤 양억이 물었다.
　걷고 있음에도 걷는 것을 느낄 수 없을 만큼 짙은 운무진 역시 수차례 넘어 도착한 산.
　그러나 이전까지 넘은 다른 산들과 다름이 없어 보였다.
　앞으로 걷고 있는 것이 맞는지 의심스러워졌다.
　"제대로 가고 있는 것이 맞는가."
　"설마 제집 가는 길을 잃어버릴까. 아니, 까요."
　천장강이 뱉은 말을 주워 삼키며 말했다.
　수일을 함께하였으나, 말 한 마디 없었기에 존칭이 입에 배지 않았다.
　"이틀이면 당도할 것이라 말한 날이 벌써 사흘이나 지났다."

"드는 날을 잘못 맞춰 그런 것이니 이해하십시오. 천산은 날에 따라 들 수 있는 길이 달라 이틀이 걸릴 길이 사흘, 여드레가 걸리기도 합니다."

"드는 날?"

양억이 얼굴을 찡그리며 되물었다. 천장강이 꺼내 놓는 이야기가 이해가 가지 않은 탓이다.

"천산은 쉬이 모습을 드러내지 않습니다. 지금 온 길도 내일이면 달라져 있을 것이고요. 적의 침입을 막고자 수백 년 동안 세긴 진의 영향이 세상의 섭리를 뒤틀 만큼 쌓인 겁니다."

"이해가 가지 않는군."

"이해하지 않으셔도 됩니다. 어차피 다 잊으셔야 할 것들이니까요."

천장강이 딱딱한 얼굴로 말했다.

입에 배어 가기 시작한 존칭이 몇 마디 말에 제법 매끄럽게 흘러나왔다. 그만큼 의식을 하고 있는 것이다.

"그럼 이번 길로는 며칠이나 더 걸어야 하는 것이지?"

"이제 곧입니다. 이 운무진을 넘으면 곧 천산이 보일 것입니다."

"때가 나빴군. 조금 더 참았으면 그 입바른 말은 듣지 않았을 텐데 말이야."

"지금 나를, 아니, 저를 핀잔주는, 아니, 주시는 겁니까?"

양억은 천장강의 말에 대답하지 않고 걸었다. 재미없는 여행의 종착지가 다가오고 있었다.

            \*      \*      \*

"찾을 수가 없다?"

"찾을 수가 없었습니다!"

이윤걸은 바닥에 이마를 찧으며 부복하는 감찰어사들을 보았다.

일월각이 무너진 이후, 손쉽게 잡을 것이라 생각하였던 양억의 행보는 오리무중. 천하의 누구도 알지 못했다.

"동창에서는 뭐라 하더냐?"

"누군가 지속적으로 그의 행적을 지우는 것이 아닌가 하고……."

"그 누군가가 누구냐."

"그것은 그들도……."

"멍청한 놈들!"

콰직!

이윤걸은 바닥에 고개 숙이고 엎드린 감찰어사들의 머

리를 짓밟았다.

"고개를 조아리고 바닥에 몸을 낮춘다 해서 지금의 일이 해결될 성싶으냐? 잡아 오란 말이다! 역도 하나 잡지 못하는 감찰어사들이 무슨 감찰어사란 말이냐!"

쩌렁쩌렁한 목소리에 살기가 어렸다.

감찰어사들은 불같이 화를 쏟아 내는 이윤걸을 힐끔 쳐다보고는 마른침을 삼켰다.

깨어진 이마도, 흘러내리는 핏물도 지금 만큼은 느껴지지 않았다.

느껴지는 것이라고는 끝없는 공포.

악에 바친 이윤걸의 표정뿐이었다.

"시한을 둔다."

"예?"

"보름. 그 안에 양억을 잡아 오지 못한다면 그대들을 역도를 방관한 방관죄로 처벌하겠다."

"그, 그것은!"

"왜? 아니 될 것 같은가."

이윤걸이 놀라 소리치는 감찰어사들을 향해 말했다.

"천하에 쫓지 못할 자가 없는 것이 감찰어사다. 그 책임과 직무는 벼슬을 받았을 때부터 숙지하고 있었을 테지."

"하나 이 사내는……."

"찾지 못하겠다 말하려는 게냐?"

입을 떼어 말을 놓던 감찰어사의 얼굴이 하얗게 질렸다.

이윤걸의 눈과 마주하는 순간, 감찰어사는 말을 잃고 고개를 조아릴 수밖에 없었다.

"황제 폐하께서 실수를 하셨으리라 생각지 않는다. 그대들을 임명하였을 때, 황제 폐하께서는 그만한 능력을 꿰뚫어 보셨던 거다. 그것을 부정하는 것은 황명을 부정하는 일과 다르지 않지. 그대들은 찾아야 한다. 잡아야 한다. 그것이 그대들이 할 일이다."

"존명!"

이윤걸은 부복해 소리치는 감찰어사들을 쳐다보며 상에 놓은 부채를 집어 들었다. 열이 올랐다. 참으려 해도 오른 열이 쉬이 떨어지지를 않았다.

"후우."

이윤걸은 벌겋게 달아오른 얼굴에 부채를 부쳤다.

"보름, 보름이다."

감찰어사부를 나서는 이윤걸의 목소리가 사납게 자리를 울렸다.

\*　　　\*　　　\*

양억은 쩍 벌어진 입을 다물 수가 없었다. 도가에서 말하는 도원향이 있다면 이곳이 아닐까 하는 착각마저 들었다.

"놀랄 것이라 했지요?"

천장강이 의기양양한 얼굴로 말했다.

"어서 안으로 드시지요."

양억은 거대한 석문을 가리켜 말하는 천장강을 쳐다보며, 조심스레 걸음을 떼었다.

잔뜩 긴장했던 터라 전신의 근육이 팽팽하게 부풀어 올랐다.

"손님에게 해가 되는 짓을 하지는 않습니다. 이전에도 말씀드렸지만 우리 신교는 부도덕하지 않습니다."

천장강이 말했다. 양억이 언제고 출수할 수 있도록 자세를 다잡는 것이 보였기 때문이다.

"그러한 말을 나는 믿지 않는다."

"하긴 그도 그렇지요. 하지만 그럼에도 이렇게 찾은 것은 실력을 믿기 때문이겠지요."

양억은 천장강의 말에 대답지 않았다. 말을 할수록 미움이 쌓여 가는 성격인 듯싶었다.

"곧장 교주님께로 향할 것입니다."

"따로 기다리거나 할 필요는……."

"없지요. 도착 전에 이미 모든 준비가 끝나 있을 것입니다. 관등성명 없이 석문이 열리는 것으로 보아 말이지요."

양억은 열리는 석문을 가리켜 말하는 천장강을 힐끔 쳐다보고는 마른침을 삼켰다.

석문으로 걸음을 옮기는 내내 거대한 뱀의 아가리에 머리를 들이미는 듯한 긴장감이 몸을 적셨다.

신교.

양억은 근 이백 년간 손님을 들이지 않은 금단의 땅에 들어서고 있었다.

\*　　\*　　\*

신교가 어디에서 시작되었는지, 언제 발생하였는지 아는 이는 아무도 없다.

도가 사상과 뿌리를 같이한다는 말도 있고, 서역에서 건너온 불의 신이 씨앗이 되었다는 말도 있다.

하지만 세간에 알려진 것이 사실인지는 누구도 단정하지 못했다.

그만큼 신교는 신비롭고 폐쇄적인 곳이었다.

"생각보다 더 크군. 그 문을 허리 굽혀 넘는 이가 있을 것이라고는 생각지 못했다."

신교의 교주 흑천랑은 방을 들어서는 양억을 쳐다보며 웃었다.

"양억이오."

"반갑네. 신교 교주 흑천랑일세."

양억은 포권하며 말하는 미청년을 가만히 보았다.

"할 말이 있는가?"

"그대가 정말 신교의 교주이오?"

"왜 그리 묻지?"

"믿기가 힘들어 그렇소."

흑천랑은 돌려 묻지 않는 양억을 쳐다보며 크게 웃었다.

"하하. 왜 그리 생각하는 것인가."

"그대는 너무 젊지 않소."

"내가? 하하! 내 나이가 고희를 넘은 지 삼십여 년이 지났음에도 말인가?"

"고희를…… 서른 해 전에 넘겼다?"

양억은 소리쳐 웃는 흑천랑의 말에 얼굴을 찡그렸다. 흑천랑의 얼굴은 아무리 보아도 약관이 조금 지났을 법한 얼굴이다. 치아는 물론이고 머리칼과 얼굴의 주름, 안구의 생기도 그렇다. 나이의 흔적이 조금도 보이지 않았다.

"재미있군. 자네는 세상에 오로지 자네 홀로 특별하다

여기는가."

"그게 무슨 말이오."

"자네 역시 마찬가지가 아닌가. 나이를, 노화를 넘어선 것은 그대 하나만이 아니야."

웃음을 지우며 말하는 흑천랑의 눈빛이 변했다.

"게다가 감히 누가 신교의 교주를 사칭할 수 있단 말인가."

양억을 향해 흑천랑의 은은한 목소리가 해일처럼 밀려들었다.

우웅!

양억은 한순간 몸을 때리며 울리는 흑천랑의 말에 놀라 걸음을 물렸다.

은은하였지만, 양억은 느낄 수 있었다. 흑천랑의 목소리에 섞인 기운은 북해에서 느낀 것 이상으로 고강했다.

"의심해 미안하오."

양억이 포권하며 말했다.

"무림에 든 지 얼마 되지 않았으니 이해하네. 단박에 간파할 만큼 능구렁이였다면 이 자리에 부르지도 않았을 걸세."

흑천랑이 웃어 답했다. 그에게는 양억에서는 느낄 수 없는 여유가 흘러넘치고 있었다.

"가볍게 식사를 준비하였는데 들겠는가."

양억은 흑천랑의 뒤로 그득히 쌓여 있는 산해진미들을 보았다.

보는 것만으로 군침이 흐를 만큼 맛스러워 보였으나, 양억은 입맛이 동하지 않았다.

"밥을 입에 물고 이야기를 하고 싶지는 않소. 그대와 만나기 위해 사흘 밤낮을 걸었소."

"그렇군. 그래, 밥 같은 것은 사실 중요하지 않지. 앉게. 서서 이야기를 나누기에는 하고 싶은 말이 많지 않은가."

흑천랑이 준비된 의자에 앉으며 말했다. 보옥으로 치장한 의자는 마치 황제들의 옥좌와도 같아 보였다.

"천장강이라는 자가 말하기를 이곳에 오면 사막에서 만난 괴승에 대해 알 수 있을 거라 들었소."

"귀소 말이로군."

"귀소?"

"서장의 밀교가 만든 괴물이지. 나 역시 본 것은 다섯 번쯤 될까. 그네들도 아끼는 터라 밖으로 나오는 일이 거의 없지."

"서장의 밀교라면……."

"그는 새외 무림의 인물일세. 내 숙적이기도 하지."

흑천랑의 말에 양억의 얼굴이 딱딱하게 굳었다. 그가 농이나 거짓을 말하는 것 같지 않았기 때문이다.

"그러한 이야기를 이리 쉽게 해 주어도 되는 것이오?"

"해 준다고 달라질 것이 없으니까. 그대가 안다 하여 그가 서장의 귀소가 아니게 되는 것도 아니지 않는가. 내 숙적이 아니게 되는 것도 아니고 말이지. 게다가 이곳에 오면 말해 주겠다고 약조하였다 하였으니 말해 주어야지."

"……."

양억은 흑천랑의 말에 무어라 대답할 수가 없었다.

"내게 듣고 싶은 말은 없소?"

한참 동안 말을 생각하던 양억이 물었다.

"많지. 혹, 서로 한 가지씩 궁금한 이야기를 풀자고 말하는 것은 아니겠지."

"그건……."

"보아하니 그리 생각한 모양이군. 아쉽군. 누가 그대를 이리 물들였는지 말이야. 묻고 싶은 말은 많네. 하지만 말하지 않아도 좋아. 진정한 대화는 그런 것이지. 서로 너 하나 나 하나 구분 짓고 나눠 물건 값을 치르듯 나누는 이야기에 무엇이 있겠는가."

"나는 지금까지 그렇게 해 왔소."

"나는 아니야. 내가 부른 손님에게 말로서 값을 흥정한다? 있을 수 없는 일일세. 그대가 손님인 이상 말이야."

양억은 웃음 짓는 흑천랑을 빤히 보았다.

그가 무슨 생각을 하는 것인지 가늠할 수가 없었다.

궤변을 진실처럼 말하는 달변가.

양억은 흑천랑의 모습에서 희미하게 천조비의 냄새를 느낄 수 있었다.

"그럼, 계속 묻겠소."

"편할 대로."

양억은 흑천랑의 말에 가볍게 숨을 들이쉬고는 서슴없이 말을 꺼내 놓기 시작했다.

"서역 밀교의 승려가 왜 나를 공격한 것이오."

"강한 냄새를 맡은 모양이지. 자세한 것까지는 나도 알 수가 없네. 워낙 속을 알 수 없는 놈들이라. 다만 추측컨대 자네의 모습에서 강자의 냄새를 맡은 것만큼은 확실하네."

"어찌 그리 생각하는 것이오."

"그야 귀소가 직접 나섰으니까. 자네가 그만한 인물이 아니었다면 그가 모습을 드러내는 일도 힘을 보이는 일도 없었겠지."

흑천랑이 술잔을 들며 말했다. 그는 향긋하게 오른 주향을 맡아 보고는 단숨에 술잔을 비웠다.

"귀소라는 자에 대해서 더 알고 싶소."

"말해 주지 않았나."

"그것이 그에 대해 아는 전부라 생각하지 않소."

"그야 그렇지. 그럼 구체적으로 무엇이 알고 싶은 것인가."

흑천랑이 웃으며 물었다. 가늘어진 눈이 흡사 여우 눈을 보는 듯했다.

"그가 있는 서역의 밀교와 사용하는 무공, 나이, 그대와의 관계 그 모든 것을 들려주시오."

"좋아, 가르쳐 주지."

말하는 흑천랑의 손으로 두 번째 술잔이 채워지고 있었다.

第九章

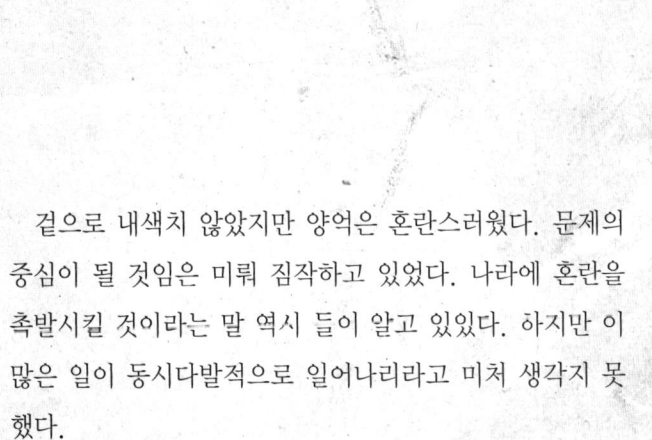

 겉으로 내색치 않았지만 양억은 혼란스러웠다. 문제의 중심이 될 것임은 미뤄 짐작하고 있었다. 나라에 혼란을 촉발시킬 것이라는 말 역시 들어 알고 있있다. 하지만 이 많은 일이 동시다발적으로 일어나리라고 미처 생각지 못했다.

 "공존이라는 게 그런 것이지. 균형이 무너지면 급속도로 무너질 수 있는 것이야."

 양억은 흑천랑의 말을 되뇌며 생각했다. 그의 말은 놓

치고 버릴 것이 하나 없었다. 추측에서부터 짐작까지, 그는 개방보다 더 많은 이야기를 알고 있었다.

어디서 그러한 정보들을 얻었는지, 그것들을 이렇게 풀어 놓아도 되는 것인지 의심이 되었다. 때문에 이야기에 마음이 혹하면서도, 그럴싸한 이야기쯤으로 치부하고 넘기려 애썼다. '모든 것은 직접 확인해야 한다.' 라는 자신의 기준에 반(反)했기 때문이다.

"보름쯤 몸을 숨기는 것이 좋을 거야. 장담컨대 자네가 사라지고 나면 중원에는 혼란이 올 테고, 그 혼란은 싸움을 부를 테지. 원하는 것들은 그때 다 일어날 거야."

양억은 확신하며 말하는 흑천랑의 말을 곱씹고는 가부좌를 틀고 앉았다. 생각할 것들이 밀물처럼 쏟아져 들어왔다. 정리를 하려 하였지만 끝이 없었다.

생각이 깊어지고 길어진다.

머리에 열이 오르고 가슴이 답답해졌다.

"크릉!"

양억은 가부좌를 풀고 일어나 섰다.

귀소에 이르러 생각이 막혔다.

어찌 막고 어찌 상대해야 하는가.

양억은 알 수가 없었다. 무엇보다 그가 적인지 아닌지조차 구분할 수가 없었다.

"다시…… 교주를 만나 보아야겠다."

양억은 교주실을 향해 성큼성큼 나아가기 시작했다.

\*     \*     \*

"그를 객으로 받아들이는 것입니까?"

천장강이 읍하며 물었다. 양억이 교주실을 떠난 직후의 일이었다.

"당연한 것을 묻는구나. 객으로 삼지 않을 것이라면 왜 그를 이곳으로 데려왔겠느냐."

"사실 그것이 가장 궁금합니다. 어찌 그를 객으로 삼으신 것인지 모르겠습니다."

"하하하하하!"

천장강의 말에 흑천랑이 크게 웃었다.

"네가 내게 이유를 물으려 함이냐."

"그, 그러한 것이 아니오라……."

"됐다. 그가 궁금해 객으로 들인 것이다. 한데, 오는 길에 선물까지 받았으니 어찌 귀빈으로 모시지 않을 수 있을까."

"선물이요?"

"그래, 선물."

흑천랑의 눈빛이 가늘어졌다. 그는 수염하나 나지 않은 턱을 쓸어 만지고는 턱을 궤고 앉았다.

"양억이 이곳으로 오기 전 귀소와 만난 것보다 큰 선물이 또 있을까. 아마 없겠지."

"그, 그야 귀소의 눈이 본교 이외에 다른 곳으로 돌아간 것은 분명 좋은 일입니다만. 그것이 그를 귀빈으로 여길 만큼 큰일인지 모르겠습니다. 그는 귀소에게 손 한 번 뻗어 보지 못하고 당했습니다."

"크크크! 그가 당해?"

천장강의 말에 흑천랑이 다시금 웃음을 터트렸다.

"당한 것이…… 아닙니까?"

"중원에 발을 들이더니 이제 중원 사람이 다 되었구나. 왜 그가 졌다고 생각하는 것이냐."

"일방적인 싸움이었습니다. 그는 귀소의 법력에 제대로 대응조차 하지 못했습니다."

"모래관에 당하고 사막의 바람에 찢겨지고 나가 떨어졌으니 그랬겠지. 그럼 묻겠는데, 그는 왜 살아 있느냐."

"예?"

"그가 왜 그리 일방적으로 몰려 패하고도 살아 있느냐 물었다. 졌으면 죽어야 하지 않느냐."

"그게……."

흑천랑의 말에 천장강의 입술이 씰룩거렸다. 무어라 말해야 좋을지 천장강은 입술을 우물거리며 한참을 곱씹었다.

"강한 상대……를 만나려는 의지가 아니었을까요?"

"크크크! 귀소가 말이냐? 하하하하하!"

천장강의 말에 흑천랑이 파안대소했다. 그는 흘러나오는 웃음을 멈출 수가 없었다.

중원과의 교류를 위해 중원에서 자라게 두어 그럴까?

흑천랑이 생각하기에 천장강의 생각은 조금도 신교답지 못했다.

"네가 중원에서 자란 것이 몇 년이지?"

"서른다섯 해입니다."

"너를 기른 것이 누구였더냐."

"귀파 두 분이십니다."

"나는 네가 참 재미있다. 신교에 대한 자부심은 그대로 가지면서 중원 사람이 되는 것이 가능하다는 것을 너를 통하여 보게 되는구나."

"예?"

"아니, 아니다."

흑천랑은 동그랗게 눈을 뜨는 천장강을 쳐다보며 웃음을 지웠다.

"나는 양억이 귀소에게 졌다 생각지 않는다."

"어찌 말입니까. 그는 분명히……."

"얻어맞고 제대로 때리지는 못했겠지. 하지만 그는 살았다. 그것이 중요한 것이다."

"그것이요?"

"그래. 귀소와 만나 지금까지 살아 있는 자가 몇인 줄 아느냐? 사흘 전까지는 하나, 사흘 이후에는 둘이다. 나와 그밖에 없다는 것이다."

나지막한 흑천랑의 말에 천장강의 몸이 바짝 굳었다.

그제야 아차 싶었다.

양억을 깎아내리는 것이 곧 교주 흑천랑을 깎아내리는 것과 직결된다는 사실을 깨달은 게다.

"생각이 짧았습니다."

"아니, 그러한 생각이 좋다. 앞으로도 그러한 생각을 유지하려 애쓰도록."

"그 말씀은……."

"중원인으로 남아 있으라는 이야기다."

"존명!"

천장강은 흑천랑의 말에 황급히 고개를 조아리며 소리쳤다.

"새외는 중원과 다르다. 비무라는 것도 없고 무공의 고강함을 겨루기 위해 싸우지도 않는다. 귀소가 양억을 이겼을까? 글쎄, 나는 그렇게 생각지 않아."

"그, 그럼 그를 교화시켜 교도로 받아들이심이……."

"그가 나를 신의 사자로 받들 것 같으냐."

"교주님의 신력을 본다면 그럴 것이라 믿습니다."

"멍청한 놈. 그가 살아 있는 이유가 부처의 뜻이거늘. 부처에 반해 내 앞에 설까. 우둔한 생각을 할 수 있는 네 놈의 머리가 가끔은 참으로 부럽구나."

"생각이 짧았습니다. 죄, 죄송합니다."

흑천랑의 말에 천장강이 이마를 찧으며 외쳤다. 이야기가 오갈수록 가슴에 창피함과 괴로움이 쌓여 가고 있었다.

"이 방을 나서는 즉시 중원으로 가 홍개를 찾아 오거라."

"예? 홍개라면 개방의 방주 말씀이십니까?"

천장강이 슬며시 고개를 들어 물었다.

"그래, 그 말고 또 누가 있겠느냐."

"하, 하나 그는 정파인입니다. 그가 이곳으로 오려 할까요. 존재가 모호한 양억을 데려오는 것도 쉽지 않았습니다. 개방의 방주인 홍개라면……."

"온다. 눈과 귀를 가졌으니 그는 올 수밖에 없다."

흑천랑이 확신하며 말했다.

"앞으로의 일에는 정과 마는 따로 나눌 것이 없을 테니까."

말을 뱉는 흑천랑의 입으로 엷은 웃음이 번졌다. 그는 우두커니 선 천장강을 손을 저어 무르고는 귀를 쫑긋 세웠다.

"아니 됩니다."

"교주님의 말씀이 있기 전까지 안으로 드실 수 없습니다."

밖으로 이는 소란이 쫑긋하게 선 흑천랑의 귀로 흘러들어 왔다.

"객이 찾아왔군."

그는 밖에서 이는 소란이 누구 때문인지 짐작하고 있었다.

"이만 물러가 보라."

"존명!"

흑천랑의 말에 천장강이 소리쳤다. 그 역시 밖에서 들

리는 소란이 누구의 짓인지 눈치챘다.

양억.

교주실 앞에서 실랑이를 벌일 만한 인물은 그를 제외하고는 천하에 더 없었다.

"들라 이르라."

천장강은 양억을 들이라는 흑천랑의 명령을 마지막으로 다시금 신교를 떠나 중원으로 향했다.

홍개.

개방의 장로를 모시기 위한 걸음이었다.

\* \* \*

홍개는 부단히 움직였다. 천하 이곳저곳을 쉴 새 없이 뛰어다녔다. 관아를 들쑤시는 일도 마다치 않았다. 황궁에서 보내온 밀지를 방패 삼아 관료가 아니면 들어갈 수 없는 곳까지 샅샅이 훑어 나갔다. 대외적으로는 역도의 색출이 목적이었으나, 그것은 사라져 버린 양억을 빨리 찾아 감춰 주기 위한 홍개의 노력이었다.

'대체 어디로 갔단 말인가.'

홍개는 붉은 모래사막을 쳐다보며 입술을 깨물었다.

일월각을 쳐부순 직후다.

양억의 행보는 중구난방이었다.

동으로 뛰었다가 남으로, 남으로 뛰었다가 서로 북으로 다시 동으로…….

목표를 두지 않고 달리는 말과 같았다. 어디로 뛸지 종잡을 수가 없었다.

수십, 수백, 수천의 사람들이 양억의 행보를 쫓기 위해 모여들었으나 모두 허사였다.

무림 문파도, 추적꾼도, 황궁의 감찰어사들까지도 양억의 행보를 찾지 못했다. 양억은 빨랐고, 무엇보다 예측을 할 수가 없었기 때문에 그를 찾는 걸음은 더디기만 했다. 사방에서 전서구가 날아들고 있음에도, 그가 나타났다는 보고가 줄기차게 들어옴에도 불구하고 놓쳐 버리고 말았다.

'누군가에게 잡히거나 당한 것은 아니다.'

홍개는 확신했다.

양억은 누구에게 잡히거나 당하지 않았다. 그랬다면 어디서고 말이 나왔을 일이다. 정사를 막론하고, 황궁의 감찰어사와 동창들까지 양억의 추적에 나섰다. 양억의 추적은 곧 경쟁이 되었고 자존심 싸움으로까지 번졌다.

누가 먼저 찾느냐.

목적이 무엇이던 간에 그들은 그것이 자신들의 가치를

높일 것이라고 생각했다.

"역적으로 찍힌 낙인은 곧 지워질 것이니 심려 놓으십시오."

수색에 함께 하였던 당사독이 말했다.

홍개는 곁에 선 당사독을 쳐다보며 길게 자란 수염을 쓸어 만졌다.

"이황자와는 잘 마무리된 것이오?"

"나쁘게 끝이 날 것이 있겠습니까. 이해관계에 있어서는 적과도 손을 잡아야 하는 것이 정치, 그 중심에 있는 분이 이황자 전하가 아니십니까. 분명 잘 처리될 것입니다."

"그렇군."

"예, 하니 먼저 그를 찾아야 합니다. 그와 나누어야 할 이야기가 많습니다."

"이황자 말인가?"

"낙인을 지워 준다면 최소한의 보답은 해야 하지 않겠습니까."

"후, 받은 것은 갚는 것이 인지상정인데…… 그가 갚을 길이 있을까."

"적이 같으니 한 길로 걸을 수는 있겠지요."

홍개의 말에 당사독이 웃으며 말했다.

"적이 같다라……."

홍개는 그러한 당사독의 말을 곱씹었다.

위험한 냄새가 풀풀 풍겨 왔다.

현 황궁의 알력을 알기에 홍개는 그 냄새가 얼마나 지독한 것인지 잘 알고 있었다.

'다음번에는 진짜 역도가 될 수도 있겠군.'

마른침이 홍개의 목구멍을 타고 흘러내렸다. 답답한 마음에 곰방대를 입에 물었다. 살담배를 찾아 자르는 손이 가늘게 떨렸다.

"걱정이 되십니까."

당사독이 홍개를 향해 물었다. 홍개는 길게 곰방대를 빨아 뱉고는 휘휘 고개를 저었다.

"여하튼 간에 자네는 이제 그만 돌아가 봐야지. 이제 더 쫓을 곳도 없으니 말이야. 스스로 모습을 드러낼 때까지 기다리는 수밖에."

"방주께서도 돌아가십니까?"

"글쎄, 마음 같아서는 사막도 건너 보고 싶은데 늑대들이 무섭군."

"하하! 늑대들이라…… 그도 그렇군요. 사막의 늑대는 꼬리에 독이 있다지요?"

홍개는 당사독의 말에 피식 웃었다.

"독이 있는 늑대가 있겠는가. 그저 소문일 뿐이지."

     \*   \*   \*

양억은 흑천랑과 독대하고 앉았다. 교주실의 밖으로 나온 둘은 태산을 깔고 앉아 작은 술상을 마주 두고 있었다.

"다시 올 것이라 생각했네."

"다시 올 수밖에 없었소."

양억이 흑천랑의 말을 받아쳤다. 그는 부리부리한 눈으로 술잔을 기울이는 흑천랑을 보았다.

"왜 다시 올 것이라 생각했는지 물어도 되겠소?"

"그야 궁금한 것이 많이 남았을 테니까."

"그것을 알았으면 왜 더 말해 주지 않았소."

"묻지 않았으니까."

"그럼 내가 무엇을 물을지도 알고 있소?"

흑천랑은 적의 가득한 양억의 눈을 보았다. 커다랗게 부라리는 눈이 흡사 성난 황소의 눈 같았다.

"귀소에 관한 것을 물으려 하겠지. 더 나아가서는 내 적에 대해서 물을 것이고. 그리고 나면 무공에 대해 따지며 묻겠지. 맞나?"

"얼추 비슷하오."

"그렇군. 하면 무엇을 먼저 말해 주는 것이 좋겠는가."

팔짱을 끼며 묻는 흑천랑의 말에 양억은 곰곰이 생각했다. 그가 말한 것을 묻느냐, 아니면 그의 말에 생각난 다른 것을 묻느냐 하는 고민이었다.

"생각이 많은 모양이군. 그 생각에 답을 해 주려는 것인데 말이야."

"생각하는 것을 알면 조용히 기다려 주는 것이 좋겠소만."

"하하! 미안하네. 그리하지."

양억은 기분 나쁠 정도로 여유를 부리는 흑천랑을 쳐다보며 얼굴을 구겼다. 천장강도 그렇고 묘하게 반감을 불러일으키게 만들고 있었다.

신경을 건드리는 말투 때문일까.

양억은 하나도 닮은 것이 없는 흑천랑과 천장강을 떠올리며 턱을 쓸어 만졌다.

"혹, 천장강이라는 자와 혈연관계요?"

"음? 그게 무슨 말이오?"

"아니, 혹시나 해서 묻는 말이오. 혹 피가 섞인 것은 아닌가 해서."

"하하! 어찌 그리 생각한 것이지?"

"닮았기에 물은 말이오. 아니면 되었소."

양억이 작게 고개를 저으며 말했다. 그러자 흑천랑이 웃으며 말했다.

"손자뻘 된다."

양억은 그러한 흑천랑의 말에 놀라 말을 되물었다.

"지금 뭐라 하시었소?"

"손자뻘 된다 했네."

"천장강이 말이오?"

흑천랑이 웃으며 말했다.

"사람을 보는 눈은 갖춘 모양이군."

"허, 정말로 손자란 말이오?"

"직계는 아닐세. 첩실과 낳은 아이의 손자이지."

대수롭지 않게 말하는 흑천랑과 달리 양억의 얼굴은 놀라 굳어 있었다. 농담이라고 하기에는 너무도 진지했던 게다.

"나에게 농을 하는 것은 아니겠지요?"

"나는 농을 별로 좋아하지 않는다네. 어찌 자꾸 의심을 하는가. 나는 그대의 의문을 답하여 확인해 준 것이네만."

"그렇지만……."

양억은 차마 믿을 수 없다는 말을 뱉지 못해 삼켰다.

겉으로는 고개를 끄덕여 주었지만, 사실 양억은 흑천랑의 나이가 백 살이 넘었다는 것을 인정치 않고 있었기 때문이다.

"나는 말이야. 같은 적을 사이에 두고 있을 때 공통된 적을 위해 한편이 아닐지라도 협력을 할 수 있다 생각하네."

"뜬금없이 무슨 말이오?"

"한편이 되지 않겠느냐. 묻는 말일세."

양억의 말에 흑천랑이 직설적으로 말했다.

"한편 말이오?"

"그래, 자네와 내 적은 같으리라 생각해 하는 말일세."

"그 말은 나보고 신교에 입도 하라는 게요?"

"아니, 그러한 말이 아닐세. 그저 한 적을 공격할 때에는 서로 협력하자는 말일세."

"내 적이 누구인지는 알고 있소?"

"확신은 못하지만 짐작은 하고 있네."

흑천랑이 매끈한 턱을 습관적으로 쓸어 만지다 아차 하는 표정을 지었다. 본래 길게 자라 있어야 할 수염이 없었기에, 흑천랑은 금세 손을 떼었다.

"오래전 버릇인데 쉽게 사라지지를 않는군. 이제 수염

도 없는데 말이야."

"수염이 모두 사라진 게요?"

"그대는 머리가 모두 사라지지 않았나."

흑천랑이 농을 섞어 말했다.

"환골탈태라는 것이 그렇지. 나의 경우는 육체의 정점이었던 시절로 돌아왔어. 반로환동이라고들 하는데……글쎄, 나는 그것보다는 재창조라고 생각해. 돌아가는 것이라기보다 다시 짜 맞추는 거지. 스스로 말이야. 어쩌면 신선의 몸이라는 것이 이것을 말하는지도 모르겠다 싶어. 그대도 그렇지 않은가."

의미 없는 농에서 시작한 말이 자못 진지해졌다. 양억은 웃으며 말하는 흑천랑의 말에서 입술이 바짝 마르는 것을 느꼈다.

"그나저나 이야기가 다른 곳으로 흘렀군. 그래, 어디까지 이야기 하였더라."

"적이 누구인지 알고 있느냐 물었소."

"아아, 그랬지. 짐작은 하고 있네. 현 황제파인 측근 세력을 적으로 두고 있는 것이 아닌가. 예를 들자면……그래, 재상인 포경청 같은 이들 말이지."

양억은 태연한 흑천랑의 말에 흠칫 놀랐다.

"어째서 그리 짐작하였소?"

"세 가지 때문일세."

"세 가지?"

"그래, 첫 번째로는 지금까지 그대가 쓰러트린 적, 두 번째로는 자네를 찾는 이들, 마지막으로……."

"마지막으로?"

"감."

"감?"

흑천랑은 말을 되묻는 쳐다보며 웃었다.

"육감을 무시하지 마시게. 실질적으로 느낄 수 있는 오감보다 더욱더 발달한 감각이 나는 육감이라 생각하거든. 어쨌든, 말해 보시게 내 말이 틀렸는가."

"얼추 비슷하긴 하오."

"그럼 된 것이 아닌가. 하하하."

양억은 시원스러운 흑천랑의 웃음을 쳐다보며 물었다.

"혹 내 적이 생각과 달랐다면 어찌하였을 것이오? 예로 그대들을 적으로 두었다면?"

"신교를?"

양억은 말없이 고개를 끄덕였다. 순간, 흑천랑의 몸에서 무시무시한 기운이 쏟아져 나오기 시작했다.

"그랬다면 이렇게 마주 앉아 있지 않았겠지. 혹여 그러한 마음은 품지 않는 게 좋을 걸세."

"내 일에 방해가 되지 않는다면 그럴 일은 없을 것이오."

양억은 흑천랑의 기운을 받아 내며 말했다.

산이 숨을 죽일 만큼 깊은 기운이었으나, 양억은 개의치 않았다. 기운과 기세로 찍어 누르기에는 자신에 가진 힘이 그 역시 작지 않았기 때문이다.

"말이 시원해서 좋군. 그럼 손을 잡는 것인가?"

"그것은 생각을 좀 더 해 보아야 할 듯싶소."

"어째서 말인가."

"홀로 결정을 내리기에는 그대들에 대해 반감을 가지고 있는 이들과 엮여 있기 때문이오."

"개방 말인가?"

흑천랑이 심드렁한 얼굴로 말했다.

"그것을 어찌 아시오."

"정보라는 것이 꼭 개방에만 있는 것은 아닐세. 자네의 적도 추론해 내지 않았던가. 자네의 행적에 도움을 준 이들 하나 찾지 못할까 봐."

"그것을 알고 있음에도 이러한 말을 건넨 것이오?"

"물론이지. 자네는 생각을 들어 봐야 한다 말했으니, 나는 사실 자네가 내 제안을 받아들인 것이라 생각하고 있네."

"어찌 말이오?"

"개방은 이와 같은 이야기를 거절할 리 없으니까. 그대는 복수 하나만을 바라봐서 모르나 본데, 그대가 맞서려는 상대는 일개 무림 문파가 좌지우지할 수 있을 만한 이가 아니야. 천하의 주인을 상대해야 하는데, 고작해야 해묵은 감정 따위가 문제일까."

흑천랑이 술병을 기울여 술잔에 술을 따르며 말했다.

쪼르르.

잔 위로 오른 술이 깊은 밤하늘에 뜬 달을 품었다. 흑천랑은 그런 술잔 위의 달을 두어 번 흔들고는 한 입에 털어 삼켰다.

"좋군."

흑천랑이 기분 좋게 웃으며 말했다.

"자네도 한잔 들겠는가."

"술을 좋아하지 않소."

"그렇군. 파계까지 하였는데도 계율을 지키려는 것인가."

"아니오. 그저 맛이 없어 싫을 뿐이오."

"큭큭! 그것 참 멋진 대답이로고."

흑천랑은 마음껏 웃었다. 재미있는 사람이고, 이야기다.

"여하튼 이야기는 정리된 것 같군. 그대의 생각이 그렇다면 나는 곧 내가 원하는 결과를 얻겠지. 그대는 어떠한가?"

"형님께서 그리하신다면 그리되겠지. 그 문제는 뒤로 넘기고 말이오. 나는 아직 더 듣고 싶은 것이 있소."

"뭐지?"

"환골탈태를 하였을 때의 이야기를 듣고 싶소."

"무공에 대해서는 묻지 않는 것의 도리라 배우지 않았는가."

"나는 무림인이 아니오."

"하하하하!"

양억의 말에 흑천랑이 소리쳐 웃었다. 흑천랑은 탁! 하고 무릎을 때리며 웃음 짓고는 자리를 털고 섰다.

"이것은 쉽게 이야기해 줄 수 있는 것이 아닐세. 심득이라는 말을 알고 있나."

"경지의 마음을 남기는 것이라 알고 있소."

"잘 알고 있군. 그럼 왜 심득을 남기는지도 알고 있나."

"자신의 것을 물려주기 위함이 아니요."

"반은 맞고 반은 틀리다."

흑천랑은 자신의 말에 올곧게 답하는 양억을 보았다.

"무림인이 아니라는 말이 참으로 즐겁게 들린 것도 오랜만이군. 그대가 술을 한 잔 든다면 이야기해 주지."

"이 술 말이오?"

양억은 고개를 끄덕이는 흑천랑을 힐끔 쳐다보고는 단숨에 술병을 집어 들어 술을 마셨다.

콸콸콸!

수직으로 들린 술병을 타고 술이 양억의 입으로 폭포수처럼 쏟아져 내렸다.

"이제 되었소?"

흑천랑은 입술로 흐르는 술을 닦아 말하는 양억을 빤히 보았다.

"불음주를 지키는 것이 아님은 확실하군. 그리 단번에 할 수 있는 것을 어찌 참았는지 모르겠군. 제법 맛이 괜찮지 않은가."

"모르겠소. 그저 쓸 뿐이오."

흑천랑은 어린아이 같은 양억의 대답에 웃었다.

"그대는 장님에게 코끼리를 설명한다면 어찌 설명하겠는가."

"있는 그대로 설명하겠지 어찌하겠소. 덩치가 크고 다리는 코가 길고 입으로는 커다란 상아가 한 쌍."

"하하! 그리 말하면 장님은 제대로 알아들을까?"

"상상하기에 따라 다르지 않겠소. 그가 이해를 못 한다면 손을 잡고 바닥에 모습을 그려 줄 수도 있소."

"좋은 방법이로군. 나는 심득이 그렇다 생각하네. 우리는 경지를 보지. 그리고 그것을 모르는 이들에게 남기는 거야. 하지만 그것은 사실 직접 보기 전에는 알 수가 없는 미지의 것. 심득을 체득하느냐 아니냐는 결국 설명보다는 본인의 재능에 따른다는 것이 내 추론일세."

"그리 생각한다면 더 편히 이야기를 나눌 수 있는 것 아니요?"

"이해를 못 했군. 그대는 나와 같은 경지를 보지 않았는가."

"그래서 말해 줄 수 없다는 말이오?"

"술도 마셨는데 두말할까. 말해 줄 것이네."

양억은 이렇게 저렇게 에둘러 말하는 흑천랑을 빤히 바라보았다.

"나를 놀리는 것이 재미있소?"

"조금은 그렇군, 하하하."

양억은 시원하게 웃는 흑천랑을 쳐다보며 얼굴을 구겼다.

"그럼 이야기나 해 보시오."

"그러니까…… 탈마에 이르러 몸이 붕괴될 무렵이었

네. 불교로 치면 해탈에 이른 것을 말하네."

"해탈?"

"그래, 육신의 껍질을 벗어던지고 영적인 세상에 도달하는 것이지."

"신교에도 그러한 것이 있소?"

"하하하! 당연한 것을 묻는군. 어쨌든 나는 그랬네. 온 세상이 빛으로 물들었지. 마치 몸을 떠나 있는 듯했어. 좌선을 하고 앉은 내 몸이 보이더군. 가만히 보았지. 육신을 벗어난 내 몸은 점점 떠오르고 있었고, 좌선한 몸은 이내 곧 모래처럼 퍼석 허물어져 바람에 날려 사라졌지. 극도의 해방감이 밀려들더군. 내게 남은 것은 육신에 머물러 있던 힘. 머리 위로는 새로운 세상이 열리는 듯했지. 나는 확신할 수 있었어. 내가 탈마의 경지에 이르렀으며 이제 곧 본래의 세상으로 돌아간다는 것을 말이야."

"한데 이곳에 있지 않소?"

"그래, 이곳에 있지. 이유는 나도 잘 몰라. 아니, 아마도 내 잡념 때문이었을 거야. 떠나면 좋았을 것을, 살고 싶다는 생각이 들었거든. 아직 이루어야 할 일이 남아 있었어. 그러한 생각이 드는 순간, 평온은 깨어지고 빛나던 세상이 한순간 어둠으로 휩싸이더군."

"그러고는?"

"몸이 생성되어 갔네. 바람에 날린 잿더미 위로 해방된 힘이 밀려들었지. 그것은 곧 내 머릿속을 헤집고는 하나의 덩어리로 뭉쳐졌어. 어떠한 조화인지는 정확히 설명하기 어렵군. 하지만 하나 확실한 것은 어머니께서 내게 몸을 주셨을 때와는 달랐다는 것이야. 새로 태어난 나는 나로부터 피었지. 환골탈태하며 나는 아이도 그렇다고 노인도 아닌 지금의 몸으로 세상에 떨어졌네."

"고통은 없었소?"

"없었네. 극도의 해방감이 남긴 감미로움만 남았지."

양억은 흑천랑의 말에 잘근 입술을 깨물었다.

탈마가 무엇인지, 해탈이 무엇인지 양억은 알 수 없었다. 그날의 자신과 비교해 봤을 때 흑철랑의 말은 거짓이 아님이 분명했다.

"그대는 어떠하였는가."

"나는……."

양억은 흑철랑의 말에 뭐라 대답지 못했다.

그의 설명을 반대로 뒤집으면 되었으니까.

시커먼 세상에 빠져 들기 싫어 불덩이에 몸을 던졌고, 극한의 고통에 허옇게 흐려져 가는 정신을 붙잡아 세웠음을 어찌 말할 수 있을까.

"기억이 나지 않소."

"그렇군."

흑철랑은 에둘러 말하는 양억에게 억지로 캐묻지 않았다. 그저 그의 말에 질문 없이 고개를 끄덕여 주었다.

"탈마에 이르기 전 좌선을 하고 있던 것이오?"

"그렇지. 그대도 알겠지만 무공은 어느 순간이 되면 벽을 느끼게 돼. 중원 무림에서는 흔히들 그것을 경지로 표현하여 나누는데, 나 역시 그 부분에는 동의하는 바야. 태어나 이십 년, 불같이 수련해 얻은 경지를 넘었던 것이 지천명에 이르렀을 때였고. 그때 넘은 벽을 다시 넘기까지 고희를 넘어 상수를 바라보아야 했지. 자네의 말에 답을 하기 위해 묻겠는 데, 그대는 무공에서 가장 필요한 것이 무엇이라 생각하는가."

"그야 힘이 아니오."

"힘이라."

흑천랑은 양억의 말에 가만히 그의 몸을 보았다.

평균 성인 남성의 두 배를 웃도는 키에 곰보다 크고 말보다 두꺼운 근육.

"흠."

양억을 보던 흑천랑의 입에서 깊은 숨이 흘러 나왔다.

"나 역시 그리 생각했었네. 환골탈태에 이르기 전 그러니까 한 팔십 년 전쯤 될까. 그때는 자네만큼은 아니어도 그에 못잖은 몸을 가지고 있었네."

"참말이오?"

"그렇지. 하지만 곧 근력이 무공의 전부가 아님을 깨달았네. 거기에 이르기까지 시간이 많은 도움을 주었지. 육체의 단명은 세월 외에는 어떠한 것으로도 느낄 수 없는 것이니까."

"해서 어떻단 말이오?"

"지천명에 이르러 단단했던 육체가 허물어져 갈 때쯤 고민했네. 강함을 유지하기 위해서는 무엇이 필요한 것일까…… 나는 다른 이들과 마찬가지로 내공의 심후함을 생각했네. 해서 야심차게 연공에 들어갔지."

"내공을 말이오?"

"그렇지. 영약과 심법, 내기가 충만한 신지를 돌며 내력을 키웠네. 이 갑자를 넘어 삼 갑자에 도달하였을 때, 단전이 비명을 내지르는 소리가 들렸네."

"꽉 찬 거요?"

"하하! 그렇지. 사실 지금 생각해 보면 삼 갑자의 내공을 담은 것도 엄청난 일이었어. 어쨌든 한계는 있었지만 나는 이전보다 강해졌지. 손을 뻗지 않아도 바위를 부술 수 있었고, 발을 구르지 않아도 날아오를 수 있었지."

"그것이 탈마에 이르게 한 힘이오?"

양억이 길어지려는 흑천랑의 말을 자르며 물었다.

"가는 길 중의 하나였지."

"중에 하나?"

"내기는 근간이 되는 바탕. 탈마에 이르기 위한 확장이라 할까? 이 또한 설명이 힘들군. 자네 역시 느끼지 않았는가. 경계를 넘어서게 만든 무엇인가를 말일세."

흑천랑의 말에 양억의 눈이 깊게 감겼다. 그는 곰곰이 생각해 보기 시작했다. 떠올리기 싫은 기억들이 머릿속을 스치고, 되살아나는 찰나의 기억이 머릿속에 번뜩였다. 두루뭉술한 설명이었으나 알 법도 했다. 아니, 흑천랑이 무엇을 말하는지 양억은 확실하게 깨닫고 있었다.

"홀로 떠드니 별 재미가 없군. 사실 나는 그대의 이야기도 듣고 싶었는데 말이야."

"이야기할 만한 것이 없소. 솔직하게 이야기하면 그렇소. 나는 그대처럼 기억이 나지 않소. 더불어 오르고 싶어 오른 것도 경지도 아니오."

양억은 넌지시 말을 묻는 흑천랑을 향해 말했다.

"그렇군. 그러한 일도 있는 법이겠지. 사실 깨달음이라는 게 어디서 어떻게 오는지 알 수 없는 부분이니까."

"같은 생각이오.. 해서 나는 궁금했소. 나 이외에 이와 같은 경지에 오르는 이는 이것으로 셋, 아니, 넷을 보았군."

"넷?"

양억의 말에 흑천랑의 눈썹이 꿈틀거렸다. 넷이라는 말이 귀에 걸린 것이다.

"그들이 누구인지 알 수 있을까?"

양억은 흑천랑의 물음에 고개를 끄덕여 답했다.

"첫째로 나요. 둘째로 북해의 왕, 셋째로 그와 같은 경지에 이르렀으리라 예상하는 귀소, 그리고 당신이오."

"호오. 북해의 왕도 환골탈태를 이뤘다는 말이로군. 그 역시 젊어졌던가?"

"아니요. 그의 몸은 늙고 나약했소."

"뭐라고? 그럼 환골탈태에 이르지 않은 것이……."

"하지만 그 역시 없었소."

양억이 흑천랑의 말을 잘라 말했다.

"무엇이 말이냐."

"배꼽."

"……!"

양억의 말에 흑천랑의 눈이 커졌다. 그것은 의심에 쐐기를 박는 말이었다.

"그렇다면…… 의심을 품을 것도 없지. 한데 몸이 늙어 나약했단 말이지."

혼잣말을 중얼거리는 흑천랑의 눈이 이리저리 움직였다. 복잡해진 머리를 정리하는 듯싶었다.

"북해의 왕의 이름을 기억하고 있나."

"그는 이름을 말하지 않았소. 그저 왕이었소."

"그렇군. 북해의 빙왕…… 그대는 혹, 북해의 왕에 대한 별호를 알고 있는가."

"모르오."

"불사의 빙왕. 그것이 북해의 왕이 가진 별호일세."

흑천랑은 놀란 눈을 뜨는 양억을 보았다.

"그대와의 이야기는 참으로 재미있군. 내가 아는 세상이 좁았음을 느끼게 해. 숙적인 서장을 넘으면 더 없을 줄 알았는데 말이지. 배꼽이 없는데 늙은 몸을 가졌다니…… 무섭군."

"무엇이 말이오?"

"모르겠는가. 환골탈태를 하였다 하여 불사가 되는 것은 아니란 말일세. 몸의 구축이 새로 이뤄졌을 뿐, 시간이 멈춘 것은 아니라네. 즉, 늙는다는 소리야. 남들보다는 천천히. 처음 십여 년은 느낄 수 없지만 수십 년이 흐른 지금 나는 세월이 흐름을 느끼고 있단 말이지."

"하면……."

"그래, 그대의 말이 사실이라면 북해의 왕은 최소 수백

년은 살아온 진짜 괴물일지도 모른다는 이야기지."

흑천랑의 가정에 양억은 몸에 소름이 돋는 것을 느꼈다. 그러한 생각은 조금도 가져 본 적이 없었기 때문이었다.

"그와 싸워는 보았나?"

"한 번…… 손을 겨룬 적이 있소."

"승패는 나지 않았을 테고, 이번에 만난 귀소보다 약했나?"

"그건……."

양억은 흑천랑의 말에 쉬이 대답지 못했다. 오늘 오전까지만 하여도, 아니, 일각 전까지만 하여도 이와 같은 질문을 받았더라면 즉각 대답했을 게다.

"귀소가 더 강하다."라고.

하지만 흑천랑의 말을 들은 지금, 양억은 흑천랑의 말에 쉬이 대답할 수가 없었다.

"판단키 어려울 만큼 강하다는 이야기로군."

"둘 모두 대항키 힘들었소."

"그렇군. 재미있는 이야기들이 쏟아져 나오는군. 자네를 부르기를 잘했어."

흑천랑이 흡족히 웃으며 말했다.

"한데 말이야. 자네가 한 이야기 중에 하나는 틀려."

"무엇이 말이오?"

"귀소는 환골탈태를 이루지 않았어."

"그게 무슨 말이오?"

"따지고 보면 그는 제대로 된 무공을 익히지도 않았지. 환골탈태는커녕 아마 제대로 된 내공심법조차 익히지 않았을 게야."

"그게 무슨 말이오. 그는 분명······."

"강하지. 사용하는 무공들도 수준을 논할 필요조차 없는 강력한 것들이고 말이야. 하지만, 내 말은 틀리지 않아. 사실이야."

"어찌 그럴 수 있단 말이오! 나는 그의 무공을 몸으로 느꼈소. 항거할 수 없을 만큼 강력한 내력이었단 말이오. 용권풍을 부를 만큼 거대한······."

흑천랑은 양억의 말에 휘휘 고개를 저었다.

"아니야. 그것은 그의 것이 아니야."

"그게······ 무슨 소리요? 그의 것이 아니라니. 설마 다른 이가 또 있단 말이오?"

"반은 맞고 반은 틀린 대답이로군."

"그렇다면 어서 답을 말해 주시오!"

양억이 소리쳐 말했다.

양억은 흑천랑의 말에서 자신을 보고 있었다. 제대로

된 무공이 없이 경지를 이룬 이가 귀소라면, 어쩌면 자신과 꼭 닮았을지도 모른다는 생각이 들었던 것이다.

"흥분을 가라앉히는 것이 좋겠군."

흑천랑이 텅 빈 술병을 흔들어 말했다. 양억이 단숨에 비운 술병이 흔들리자, 자욱한 운무 속에서 불쑥 그림자 하나가 솟아올랐다. 그것은 차려 놓은 상을 스치듯 지나 다시금 운무 속으로 사라졌다.

"그리 흥분하는 것은 그에 대한 패배감 때문인가?"

흑천랑이 새롭게 상 위에 놓인 술병의 마개를 뽑으며 물었다. 양억은 코끝을 스치는 주향에 얼굴을 찡그리고는 괴팍한 얼굴로 말을 쏘았다.

"그러한 것이 아니요! 나는 그저 알고 싶을 뿐이오."

"무엇이 말인가."

"그의 무공의 고강함이 어디에서 나오는 것인지 말이오."

"흠……."

흑천랑의 입에서 가는 숨이 새어 나왔다. 그는 흥분한 양억을 힐끔 쳐다보고는 술병을 기울였다. 찰랑이는 소리와 함께 기울어진 술병으로 쪼르르 술이 흘러내렸다.

"서장의 무공에 대해서는 나 역시 깊이 알지 못해. 하지만, 귀소의 무공만큼은 잘 알고 있지."

"어째서 말이오."

"처음 만났을 때 대화를 나눈 적이 있었거든. 지금처럼 말이야."

꼴깍!

흑천랑은 단숨에 술잔에 가득 찬 술을 삼켰다.

"크으!"

독한 화주에 흑천랑의 입에서 절로 탄성이 터졌다.

식도가 타는 듯한 뜨거움.

흑천랑은 자신을 똑바로 쳐다보는 양억의 앞에 섰다. 그러고는 입고 있던 장포를 벗었다.

"그를 처음 보았을 때 나도 참으로 놀랐지. 서장밀교가 그만한 인재를 키웠으리라고는 생각지 못했으니까. 어린 얼굴에 상상치도 못할 만큼 높은 무공. 십여 초의 공격을 주고받았을 때, 나는 귀소에게 물었지. 누구냐 말이야. 그랬더니 귀소가 웃으며 말하더군."

"뭐라 말이오."

"달마. 그는 스스로를 달마라 말했다."

第十章

황당한 이야기에 양억의 얼굴이 일그러졌다.
　"달마라니 무슨 소리요. 그의 이름은 귀소라 하지 않았소."
　"그리 말했지."
　"한데 무슨 말을 하는 것이오. 그와 농담을 한 이야기라면 구태여 이야기하지 않아도 괜찮소."
　"농이 아니야. 그대는 강신술이라는 말을 아는가?"
　"강신술?"
　양억이 얼굴을 일그러뜨리며 말했다.
　"글을 그대로 풀면 신을 몸에 담는다는 말이 아니오?"

"정확히는 영혼을 담는 것이네. 도사들의 영매와 같지. 중원 무리에도 있지 않은가. 곤륜과 같은 곳에서는 부작술과 더불어 강신술을 사용하였던 것으로 알고 있네만."

"잘 모르오. 그러한 이야기."

흑천랑의 말에 양억이 고개를 저으며 말했다. 강신술이라니, 들어 본 적이 없는 이야기다.

그러한 것이 진실로 있다면, 요술이며 사술이 아닌가.

천지자연의 섭리를 어긋나게 하는 불경한 일이다.

"그럼, 그 귀소라는 자가 자신의 몸에 달마의 영혼을 강신시켰다는 말이오?"

"모르지. 그것이 본신의 힘인지 정말 강신에 의한 힘인지는 알 방법이 없네. 그러나 한 가지. 그와 같은 고수를 키워내기 위해서는 긴 시간이 걸려. 시간을 초월한 그의 강함은 강신 이외에 설명할 길이 없네."

"환골탈태를 하면 시간을 거스르는 것과 같다 하지 않았소. 어린 얼굴이라 하여도……."

"환골탈태는 흔적을 남기는 법일세. 자연을 거스르는 일이야. 그대가 북해의 왕을 보고 확신한 것처럼 배꼽이 사라진다던가 하는 신체적 특징을 가지기도 하지."

"그것들이 귀소에게는 없다는 말이오?"

흑천랑은 양억의 말에 고개를 끄덕였다. 귀소에게는 분명 배꼽이 있었다.

"서장밀교의 강신술은 그 역사가 길고, 그 깊이는 우리의 상상을 불허하지. 무공과 함께 발전한 그것은 이미 예측 가능한 경지를 넘었다."

"허면 정말로 달마가 강신했다는 말이오?"

"나는 그럴 확률이 높다고 생각한다."

양억은 어이가 없었다. 이와 같은 이야기를 진지하게 하는 흑천랑도, 상황도 이해되지 않았다. 납득을 할 수가 없는 게다.

"하면 밀교를 막을 길이 없잖소. 그와 같은 이들을 떼로 강신시킨다면……."

"그럴 수는 없을 것이다."

흑천랑이 말했다.

"할 수 있었다면 진즉에 했을 것이다. 분명 방법이 있는 것이겠지. 누구나 강신을 하고 그만한 령을 불러낼 수 있다면 세상은 밀교이 손에 넘어갔을 것이다."

"무언가 성공 요건이 있다는 거요."

"추측은 그렇다. 스스로를 달마라 칭한 이도, 그만한 무공을 보인이도 지금까지는 귀소 한사람이다."

"달마를…… 강신시킨 밀교승이라……."

양억은 이해할 수 없는 상황을 곱씹으며 말했다. 터무니없는 말이지만, 믿지 않을 이유도 사실 없었다. 양억 자신 역시 평범하지 않은 과정을 거쳐 이 자리에 서 있었기 때문이다.

"하면 그를 왜 달마라 부르지 않고 귀수라 부르는 것이오? 강신해 달마가 되었다면 달마라 칭하는 것이 바람직하지 않겠소?"

"미친 소리. 그랬다가는 저놈들의 명성치만 높여 주게 될 걸세. 더불어 죽은 이를 불러들일 수 있다는 혼란이 생기겠지."

양억은 홀로 술잔을 기울이는 흑천랑을 보았다. 말을 더 물을까 하다가 입을 닫았다. 살짝 떨리는 흑천랑의 입술에서 아직 이야기가 남음을 느낀 게다.

"그가 달마건 아니건 상관없네. 어차피 싸워야 할 적이니 누가 되었든, 어떠한 힘을 부리든 상관없다 이거야. 중요한 것은 그의 강함이지. 처음 만났을 때 그는 나보다 약했다. 두 번째 만났을 때 그는 나와 같았고, 세 번째 만남을 때 그는 내가 평할 수 없게 되었지."

"알 수 없게 되었다는 거요?"

"그렇지. 나도 그도 발전하고 있는 것은 분명해. 그래서 생각도 깊어지는 거야. 달마가 오늘날로 거슬러 올라와 강해지고 있는 것인가, 아니면 그냥 거짓말쟁이가 강해지고 있는가는 미묘한 차이가 있으니까."

탁!

양억은 빈 술잔을 놓는 흑천랑을 가만히 보았다. 그가 장포를 벗고 소매를 걷어 붙이는 모습이 심상치 않다.

"귀소와 마지막으로 만난 것이 삼 년 전. 다음 그와의 만남이 기대되는군. 그러나저러나, 한번 붙어 보지 않겠는가."

"그대와 말이오?"

"하하하! 그럼 또 누가 있겠는가, 이 친구야."

휙!

양억은 가볍게 뻗어 들어오는 흑천랑의 장력에 놀라 몸을 날렸다.

쾅!

커다란 소리와 함께 장력이 닿은 자리가 산산이 부서져 사라졌다.

"귀소의 손에 죽지 않았으니, 부담 없이 하겠네."

양억은 웃음 짓는 흑천랑을 쳐다보며 어금니를 깨물었다.

"만나는 사람들마다 전부……."

양억의 얼굴이 일그러졌다. 북해부터 서장까지. 만나는 이들의 대부분이 일방적으로 싸움을 걸어오고 있다.

'내가 약해서 그런 것인가.'

꽈드득!

소리 나게 움켜쥔 양억의 주먹으로 검푸른 기운이 스멀스

멀 피어올랐다. 부아가 치밀어 올랐다.

'애초에 내게 있는 힘이라는 것이 무엇인가. 이게 정말 무공인가? 나는 환골탈태를 거친 것인가?'

더불어 혼란도 찾아왔다. 새롭게 알게 된 이야기들과 강자들의 연이은 등장은 양억을 구석으로 몰아갔다.

귀소가 포경청과 손을 잡았다면?

눈앞의 흑천랑 역시 이 모든 것을 꾸민 적이라면?

쏟아지는 물음 속에 양억의 눈이 시뻘겋게 달아올랐다.

"크와아악!"

분노가 터졌다. 격해진 감정이 흉흉한 기운이 되어 자리를 뒤덮었다.

"이거…… 뭔가 잘못 건드린 모양이군."

흑천랑이 한 걸음 물러서며 중얼거렸다.

변화, 아니, 변신이라 해야 좋을까?

흑천랑을 노려보는 양억의 몸은 이전보다 두텁고 단단해져 가고 있었다.

"속된 말로 똥 밟았군."

자세를 다잡는 흑천랑의 입술이 비틀어졌다. 이전에도 크던 양억의 몸이 이제는 전설 속 백웅(白熊)보다 거대해 보였다.

\* \* \*

 도성 외곽에 자리한 포경청의 저택은 마을이라 불러도 좋을 만큼 거대했다. 그가 재상이 되어 관료에 올랐을 때, 수백 수천의 인부들이 모여 만들기 시작한 것이 삼 년 전에야 완공이 되었다.

 물경 십여 년이 걸린 대공사.

 기거하는 식객만 줄잡아 일백이 넘는다. 그럼에도 불구하고 그의 저택에는 스스로 객을 청해 들어오는 인재가 천하 각지에서 끊이지 않았다.

 벼슬길을 위해 출세를 위해, 바야흐로 재상 포경청에게 줄을 대지 않으면 안 될 시대가 열린 것이었다.


"오늘 어찌 이리 사람들이 모인 것인가."

 말석에 앉은 육품 관리 안성효가 불안한 얼굴로 물었다. 곁에 선 고량은 그런 안성효를 힐끔 쳐다보고는 길게 한숨을 내쉬었다.

"나도 몰라. 그저 재상의 부름이라기에 왔을 뿐이지."

"무슨 일인지도 모르고 말인가?"

"허! 자네는 어떻고? 우리 같은 이들이 이유를 알고 올지 말지 결정할 수 있는 가?"

"하아."

서로를 보는 둘의 입에서 긴 한숨이 흘러내렸다.

"그래도 자네는 황궁에 있지 않은가. 어디 다른 지인은 없는가? 모시는 연줄 같은 것이 나보다는 좋지 않겠나."

"모르는 소리. 황궁이기에 더욱 엄한 법이야. 지방의 뜨내기 관리와는 달라."

"뭣이?"

피차간의 깎아내리기 속에, 사내들은 계집애처럼 투덕거렸다. 그 둘뿐만이 아니었다.

끝없이 몰려드는 사람들 속에서 품계가 낮은 이들은 말석에 자리한 채로 좌불안석이었다. 오늘의 자리가 어떠한 자리가 될지 모르는 그들은 몸을 사릴 수밖에 없었다.

"손님들을 나눠 구분하는 것이 좋지 않겠는가?"

말단 관료들의 지분거림을 들으며 이윤걸이 말했다. 다른 이들과 달리 종복의 안내를 받으며 사랑채로 드는 그의 어깨로 잔뜩 힘이 들어갔다.

"보아라!"라고 말하는 듯했다.

"어이쿠, 이 대감 아니오. 오랜만에 뵙소."

사랑채로 걸어가는 동안, 이윤걸은 수십 명의 인사들과 포권을 나누었다.

한때 자신에게는 곁눈질조차 주지 않던 이들이 눈 한 번 맞추기 위해 사람들을 비집고 나오는 모습을 보자니 웃음이 났다.

"안으로 드시지요."

이윤걸은 종복의 말에 고개를 끄덕이며 사랑채 안으로 들었다. 황궁에 비할 바는 아니지만, 화려하게 꾸며진 사랑채는 도시 저택의 안채 수준으로 크고 넓었다.

"어린 사람이 늦는구먼."

"아, 죄송합니다. 일이 있어서……."

"이 자리에 일이 없는 이가 있는 걸로 보이는 가?"

방에 들어서기가 무섭게 쏟아져 나오는 불호령에 이윤걸이 깊게 몸을 조아렸다. 슬쩍 훑어본 것만으로도 황궁에서 방귀깨나 뀐다는 이들을 모두 볼 수 있었다.

포경청의 오른팔이라 불리는 장군 권도장부터 시작해서 왕장, 마파, 마철림, 죽림방에 이르기까지. 료장파의 수뇌급 인사들이 줄줄이 모여 앉아 있었다.

"문책은 나중에 하고 일단 자리에는 앉힙시다. 아직 어린 아이가 아니오."

"거, 싹수는 이럴 때 알 수 있는 거요. 시간에 맞춰 움직이는 것도 못 하는 이가 무슨 일을 할 수 있겠소. 급히 모인 것도 아니지 않소. 지방 관료들까지 저리 모여 있는데, 도성에 앉은 몸으로 이리 늦게 얼굴을 디밀다니……."

만류하며 말하는 왕장의 말에도 권도장은 노기를 풀지 않았다.

"죄송합니다. 장군. 제가 아직 어리고 중요한 것이 무엇인지 제대로 파악하지 못하여 이러한 결례를 저질렀습니다. 사죄드립니다."

"됐다. 나도 더 귀찮게 말하지 않겠다. 앞으로 지켜보는 것으로 대신하지."

이윤걸은 나지막한 권도장의 말에 허리 굽혀 포권하고는 말석에 준비된 자리로 향했다. 사랑채에 들기 전까지 의기양양하던 얼굴이 어느새 사색이 다 되어 있었다.

"한데 재상께서는 오늘 왜 이리 사람을 모은 것인지 모르겠군. 혹 아는 것들 있소?"

"모르겠소. 이만한 규모의 이들이 모인 것을 보면 중한 일인 것 같은데 말이오."

"그 이황자의 난리 때문에 그런 것 아니오? 듣자하니 황궁에 들어와 행패를 부렸다지?"

권도장이 짜증 섞인 얼굴로 말했다.

"이유가 뭐라 하오?"

"황제 폐하에게 문안을 드린다며 소란을 피웠다 합니다."

"문안?"

이윤걸이 조심스레 말했다.

"요양차 쉬고 계신 시간이 오래 지나다 보니 그런 모양입니다."

"하! 그거 잘 쉬고 있다고 하면 그냥 있을 것이지. 유난은…… 앓아눕기 전에는 제대로 얼굴 한 번 비춘 적이 없는 놈이 아닌가."

"어허! 권 장군 말이 지나치시오."

권도장의 말에 자리에 앉은 관료들이 타일러 말했다. 그들만의 자리라고는 하나, 말이라는 것이 신통방통하여 어디로 새어 나갈지 모르는 바, 그네들은 스스로 조심하는 법을 몸에 익히고 있었다.

"말이 그렇다는 거요. 해서 어찌 되었나? 미쳐 날뛰는 이 황자를 상대하는 것이 쉬운 일은 아닐 텐데."

"그게…… 재상께서 직접 나서 달래셨습니다."

"재상이 직접?"

"예, 내일 황제 폐하께서 친히 모습을 드러내실 것이라고……."

"내일? 황제 폐하께서 차도가 있으셔 돌아오신다는 말이냐? 아니, 그보다 황자가 찾았던 것이 며칠 전이라 하지 않았느냐. 그런데 내일이라 하였다는 것은……."

놀라 묻는 권도장의 말에 이윤걸이 고개를 흔들었다.

"정확하게 말씀을 드려야 했는데, 착각을 드렸습니다. 그러니까 재상께서는 사흘 후에 황제께서 직접 나서실 것이라 하셨습니다. 황제 폐하께서 기력을 회복하신 것인지 아닌지, 그러한 것까지는 저도 잘 모르겠습니다. 하지만 분명 재상께서 그리 말씀을 하셨습니다."

"언제 말이냐?"

"삼 일 전에 말씀하셨습니다. 더불어 천하 각지로 소집령을 내리신 것도 같은 날입니다."

"허!"

이윤걸의 말에 시끄럽던 자리가 침묵에 휩싸였다.

"그만한 일을 재상께서 홀로 결정했다는 말인가?"

흥분해 소리치는 권도장의 말에 왕장이 말했다.

"이유가 있겠지. 그런데 좀 의아하긴 하군."

"무엇이 말인가."

"구태여 왜 황제 폐하를 다시금 불러들인다는 것인지 모르겠군. 아직 황태자 책봉도 이뤄지지 않았는데……."

이런저런 이야기들이 쏟아져 나왔다. 자리한 이들은 저마다 이야기를 주고받으며 현 상황에 대해 추측하기에 바빴다.

그 때였다.

"먼 길들 오느라 고생들 하셨소."

사랑채의 문이 열리고 저택의 주인인 포경청이 자리에 모습을 드러냈다. 순간, 주인을 찾은 자리가 조용해졌다. 적막이 내려앉고 자리한 모두가 얼어붙은 바로 그 순간,

"오, 재상, 오시었소."

이윤걸을 대하던 것과 달리, 권도장이 기쁜 얼굴로 자리를 털고 일어나 포경청을 맞았다.

"오셨습니까."

"건강해 보이셔서 좋습니다."

그 뒤를 이어 각료 대신들의 인사가 줄을 이었다. 언제 뻣뻣했냐 싶게 그들은 하나 같이 손을 비벼가며 굽실거리기에 바빴다.

"흠."

포경청은 그런 사내들에게는 눈길조차 주지 않고는 뚜벅뚜벅 상석을 향해 걸었다. 자신을 위해 준비된 상석은 다른 그 어떠한 자리보다 높고 화려하게 치장 된 의자가 '옥좌'처럼 놓여 있었다.

"밖에서 들어 보니 내가 오늘 이렇게 자리를 만든 이유를 궁금해하는 것 같은데 말이오. 중한 일이라 모임에 붙여 말하지 못한 점 미안하오."

"허! 뭐, 그런 것 가지고…… 제 집 아들도 못 믿는 것이 정치. 그만한 일로 사과할 것 없소, 재상."

왕장이 너털웃음을 지으며 말했다.

"맞습니다. 조심할수록 나쁠 것이 없지요."

"앞으로 이와 같은 일이 잦아진다 하더라도 누구하나 불평치 않을 것입니다."

뒤를 이어 찬동하는 말들이 쏟아져 나왔다.

포경청은 그런 대신들의 말을 손을 들어 제지하고는 나지막이 말했다.

"어젯밤 황제 폐하께서 붕어하셨소. 해서 오늘 우리는! 새 황제 폐하께 충성 맹세를 올릴 것이오."

"뭐…… 라…… 하셨소?"

포경청의 말에 자리한 이들의 입이 쩍 하고 벌어졌다. 그들은 갑작스레 머리를 강타한 포경청의 말에 정신을 차리지 못하고 있었다.

"새 황제라 하였소. 이제…… 새로운 태양이 떠오를 때가 된 것이오."

포경청이 소리 높여 말했다.

새 황제!

포경청의 얼굴 가득 사특한 웃음이 흘렀다.

〈다음 권에 계속〉